りさ子のガチ恋♡俳優沼

松澤くれは

集英社文庫

りさ子の
ガチ恋♡
俳優沼

目次

❤第一幕

本文デザイン／西野史奈（テラエンジン）

りさ子のガチ恋♡俳優沼

私は、太陽を見ていた。
目の前で燦燦《さんさん》と輝いて、心をあったかくしてくれる太陽。
眩《まぶ》しいまでに煌《きら》めいて、元気と活力を与えてくれる太陽。
この世界にたった一つだけ、かけがえのない愛《いと》しい太陽。

手を伸ばせば届きそうな、それでいて客席からは届かないステージの上。
エネルギッシュに走り回ってその太陽は生きている。
打ち震えるような台詞《せりふ》を語りその太陽は生きている。
虚構の物語のなかでリアルに生きる、それはまるで。
退屈な日常を、挫《くじ》けそうな現実を、明るく照らす希望の光。

太陽がなくては、誰も生きていくことはできない。
だから私は。
私の太陽をどこまでも追いかけたい。
誰よりも近いところで陽《ひ》の光を浴びたい。
その温《ぬく》もりを肌に感じて包まれていたい。

私の太陽、瀬川《せがわ》翔太《しょうた》。
翔太君は私の生きる希望。抱きしめてくれる太陽で――。

第一幕

01 劇場

「本日はご来場いただき誠にありがとうございます！」

センターに立つ「彼」の声が、劇場内に響き渡る。

大喝采の拍手に負けじと。

大迫力の音楽に負けじと。

翔太君のよく通る声が、客席の最後列にまで伝わるのが分かった。

私は首が痛くなるくらいステージを見上げる。最前列の下手《しもて》から翔太君を凝視する。

会場内の熱狂は収まることもなく、三度目のカーテンコールがはじまろうとしていた。

「トリプルコールありがとうございます。連日、こんなにたくさんのお客様にご来場いただきまして、メンバー一同、本当に嬉《うれ》しく思っています。本当にありがとうございました！」

千秋楽はいつものカーテンコールとは違う。

演じる側も観《み》る側も、格別の想《おも》いを共有できる。

真っ白な光のなか。

壮大なエンディング曲が流れるなか。

長い道のりを走り切ったマラソンランナーたちが、凜々《りり》しい顔つきで一列に並んでいる。それぞれのキャラクターの衣装を身にまとったまま、そのキャラクターを脱いだ「俳優」として、超満員のお客さんに視線を送っている。二時間の濃密な物語に魅了されていた私たちも、お芝居の世界から現実世界へと帰還する。そして盛大な拍手をおくる。こんなに素敵な舞台をありがとうございます。こんなに心揺さぶる感動をありがとうございます。めいっぱいの感謝を込めて手を叩《たた》く。

「舞台『政権☆伝説―若き血潮！　憲政の常道編』おかげさまで本日、千秋楽を迎えることができました！」

最初のカーテンコールの挨拶と同じことを言っている。私はふふっと小さく笑う。緊張しているのかな。でも、普段より気合いが入っている。それはそうだ。一か月間、地方公演を含む五都市をめぐる通算二十三ステージ。稽古期間を含めると、どれだけの熱量を注いできたのだろう。今回は翔太君の演じる「原敬《はらたかし》」がメインということもあって、台詞の量も膨大で、殺陣《たて》のアクションも多かった。二時間、人前で集中力を切らすことなく、架空の人物を演じられるなんて。私にはそれがどんなに難しいことなのか、想像すらできない。本当に尊敬する。

「翔太、さっき言ったからそれ。緊張してんのか？」

「してないっす！」

先輩俳優のいじりがはいって、客席が一斉に笑う。あたたかい。みんなが、主演という大役を全うした翔太君を見守っている。本当にたくさんの人に支えられているんだなあと、私まで嬉しくなる。

「じゃあせっかくなので、あっきー。何か一言」

「ええっ、僕ですか？」

後輩の若手俳優にバトンを渡して難を逃れる翔太君。うまい。自分からガツガツ目立つタイプじゃなくて、ひっそりとコツコツ陰で努力を重ねるタイプ。二十三歳という若さで、俳優業にストイックな姿勢を崩さない。真摯で、真面目で、でもどこか抜けていて、かっこいいのに可愛《かわい》いってギャップも大好き。ここ三作品を通して演技力も向上した。将来もっとブレイクすると思う。

「『桂太郎《かつらたろう》』役を演じさせていただきました、秋山悠《あきやまゆう》です。今回も、本当に皆さんの、作品への愛をいっぱい感じながら、そして僕も愛情いっぱいに頑張ってきました。今日この場にいるみんなのことを愛してます。あっなんか、告白みたいになっちゃった。恥ずかしい」

きゃーっという黄色い声援が飛ぶ。あっきーこと秋山悠の挨拶が終わり、翔太君がもう一度、次回公演の新シリーズの告知を行う。そろそろ至福の時間もおしまい。翔太君が「それでは」と息を整えて、「本日はご来場いただきまして！　誠に！」いよいよラストだ。「ありがとうございました！」

「「「ありがとうございました！」」」

劇場の天井が壊れるんじゃないかってくらいの拍手が巻き起こる。俳優たちは笑顔を振りまいて舞台袖に去っていく。

音楽が消え、拍手の音が残るなか、終演のアナウンスが流れはじめる。人がまばらに席を立ちはじめる。華やかな話し声があちこちで生まれはじめる。

物語の世界を共有していた観客たちは、またそれぞれの「日常」に戻る。また私たちの「日常」がはじまる。

ああ、終わった。

かけがえのない時間。

かけがえのない体験。

――今回も本当に素敵な時間をありがとうございます。

誰もいなくなった空っぽのステージ。私は心のなかで、両手を合わせてお辞儀した。

舞台『政権☆伝説』の最新公演が、こうして幕を閉じた。

『政権☆伝説』通称「伝ステ」は、歴代総理大臣をイケメン擬人化した恋愛スマホゲームが原作の人気舞台。「駆け出し秘書のヒロインになって、現代に蘇《よみがえ》ったイケメン総理大臣たちと政権奪取を目指そう♡」っていう、謎すぎるゲームで、そもそも総理大臣は人なんだから擬人化はおかしいでしょとか史実の総理大臣の名前だけ借りてきた三流イケメンゲーとかアンチに散々馬鹿にされて叩かれたにもかかわらず、舞台化で人気に火がついて大ヒット。キャラデザインと絶妙なシュールさが相まって、後発の2.5次元舞台シリーズとしては異例の動員数を誇っている。今回で六作目、そして秋にはすぐに新章が上演。順風満帆だ。主役を担った翔太君の力は大きい。推していて良かった。

舞台は終わってしまえば、もう二度と本物は観られない。

でもこうやって応援していれば、また次の舞台が決まる。

不確かな可能性を信じ、私は今日も翔太君に会いに来た。

たとえ退屈でつまらない「リアル」に明日から戻っても。

私はまた劇場に足を運び、愛する人のもとへ戻ってくる。

そのために私は。

愛で、人を推す。

劇場を出ると、外は肌寒かった。

四月は昼夜の寒暖差が読めない。ネルシャツに薄手のカーディガン、もう一枚、何か羽織るべきだったと、意味のない後悔をおぼえる。せっかくの余韻が台無しだ。一気に現実を意識する。

劇場のまわりには、まだ人がたくさん残っていた。

男性客はほとんどいない。女性の大群が建物を取り囲む。

劇場入口から、客席数分の八百人が列をなして流れ出る。ほとんどが、私たちと同じ二十代に見えた。一人でスマホをいじっている人。グループで固まっている人。みんな、出演者の誰かを好きな人なんだ。翔太君を好きな人もいっぱいいるはず。そう考えると胸がざわついた。

「ほんと最高やった〜!」

たまちゃんが荷物カートを引きながら声をあげる。

「ね〜!」

隣のアリスが大げさに頷《うなず》く。高い位置のツインテールがぶんぶん揺れた。身体《からだ》が大きいからリアクションも大げさだけど、観劇後でさらにテンションが上がっているみたい。観劇日はいつもロリータ系のワンピースで、今日はアリスってハンドルネームに相応《ふさわ》しく水色を着ている。たしかボディラインって名前のブランド。正直まったく似合っていないし、布がひらひらして寒そうだ。でも服装のことは私もとやかく言えないなと、毛玉だらけのカーディガンの裾を見ながら思う。

「やっぱり無理して東京来てよかった。ライビュやってくれ〜って思うたけど、これは駄目やナマじゃないと」

小さい手で重そうなカートを引くたまちゃんは、今日のために岐阜から深夜バスではるばる上京中。「新幹線さえ通ってくれたらなあ」が口癖の、いわゆる地方からの「遠征組」だ。邪魔になるから大きな荷物は駅に預けるべきだけど、たまちゃんは一度ロッカーで盗難被害にあっていて、頑《かたく》なにすべての荷物を持ち歩く。あっちへごろごろ、こっちへごろごろ。彼女が移動する度に音が鳴る。《ガラガラ妖精》と匿名掲示板で命名されていた。本人は「まーた私のこと書き込まれとったわ」とその都度グチる。ネットの評判をすごく気にしている。

「そうだよ」アリスがたまちゃんに言う。「絶対、レポ読んで後悔するパターン。舞台はナマで観てこそだよ」

「分かっとったけど改めて実感したわ。最初『円盤待ち』とか言うてた自分を殴りたい」

舞台のDVDはもちろん毎回買うけど、実際に劇場で観る臨場感にはかなわない。本物がいちばん。何度でも観たい。観たいから全ステージ観る。全ステージチケットを買う。舞台はナマモノ。台詞の「間」やちょっとした仕草の違い、演技も毎日少しずつ変わるから全然飽きない。細かな違いも、私には分かる。それくらい集中して観ているから。今日はどんな翔太君が観られるかなって思うと、一ステージだって見逃したくない。会えるチャンスを逃したら、その時間は返ってこない。

だから通う。翔太君を観に、会いに行く。

相手が手の届かない場所にいるからこそ、こっちから近づかなくちゃ。

「てか待って！　今日さ、殺陣やばくなかった⁉」

「思った。迫力増しとったよね！」

たまちゃんとアリスは早口で興奮気味に、舞台の感想で盛り上がっている。

「西園寺《さいおんじ》と桂太郎とか、原敬と有朋《ありとも》、宿命の戦いってのゾクゾク伝わってきた！」「千秋楽やで、気合い入っとんたんかなあ」「ふぁー。そうだよ絶対」「目撃できたウチらラッキーやん！」「ほんとそれな！」「やばいー」

私は心を落ち着かせ、さっき起こったばかりの「奇跡」に思いをはせる。

終演後にまさか、あんなこと……予想もしていなかった。

翔太君を好きになって一年。

ようやく私の想いが届いたのかもしれない。

私の気持ちを知ってくれたのかもしれない。

だからこそ、あんな「サイン」を、翔太君は私に――。


「どうしたの、りさ子？」

アリスに言われて我に返る。たまちゃんも「大丈夫？」と私の顔を覗《のぞ》き込んだ。

考えることに集中しすぎてまわりの声が聞こえなくなるのは、私の悪い癖。会社の上司からも注意されるけど、無意識だからなかなか改善できない。

「や、あの。うん」

うまく応えられないでいると、「なになにー？」とアリスからの催促。

「違うの、勘違いだったら恥ずかしいから」

「勘違い？」

アリスの追撃は終わらない。「どういうことよ？」と言いながらぐいぐい体を密着させる。ほのかに汗の匂いがした。

「えっと……」

私だってどう説明したらいいか分からない。まだ心の整理がついてない。

それに。

もし私に起きた「奇跡」のせいで、ふたりに嫉妬されたらどうしよう。険悪になったり、微妙な空気を生んでしまっては取り返しがつかない。

でも、ふたりはもう興味津々で、私が切り出すのを待っている。

「あのね、あの……翔太君が」

それに私も。

言っちゃいたいという欲求に、抗《あらが》えないでいた。

「ハイタッチの時、タッチの瞬間、一瞬だけ手を、握ってくれて……」

えええええ。ふたりの絶叫。近くにいた女性客が振り向いた。

「でも気のせいかも。指に力入っただけかもだし……」

私はそう付け加えて、ふたりを落ち着かせようとする。

そう。

カーテンコールが終わった後の、お見送り会。

「奇跡」はそこで起きた。

お見送り会とは、客席出口に主要キャストが並んで、観客が帰る時にハイタッチしてくれるアフターイベント。ちょっとした集客用のおまけだけど、これがすごく嬉しい。役を演じ終わった俳優たちが笑顔で「ありがとう」と言ってくれる。汗の匂いまで分かってしまう距離で、手と手が触れ合う。推していない俳優ですら緊張しちゃうのだ。当然、翔太君とのハイタッチは目もろくに合わせられない。「いえーい」ってノリで応じている他の子が羨ましい。なんでそんなに軽くいけるんだろう。ハイタッチが嬉しくて仕方ないのに、順番が近づいたら手に変な汗かいてきちゃって、それを気にして拭っているうちに列が進み、気がつけばパチンと手を合わせて次に一歩進んでいる。いつもそんな感じだった。

だけど今日は違った。私のそんな奥手な心情を察してくれたのか、タッチの瞬間に、翔太君が指を曲げて、私と一瞬だけ手を繫《つな》いだようにしてくれた。反射的に私まで握ってしまったから、手が離れなくてそのまま立ち止まった。翔太君の顔を見ると「いつもありがとう」とか「わかってるよ」みたいに微笑《ほほえ》んでいて……。私は何が起きたのか把握できなくて、そばにいたスタッフさんに「すみません」と次に進むよう促されるまで、翔太君と見つめ合うかたちになった。男らしい、整った顔つき。少しやんちゃでワイルドな髪型に、眉がちょっと下がっているギャップが犬っぽくて可愛らしい。近くで見ると、目の下にある小さいほくろが色気全開に主張している。すっと通った鼻筋にきれいな口元、他にも他にも挙げはじめるときりがないほど、神さまは翔太君に、私好みの素晴らしいルックスを与えてくれた。

そんな翔太君が。

私にだけ、誰にも気づかれないようにファンサービスをくれた。

ふたりだけの秘密のメッセージ。生きていてよかった。本気でそう思えた。さっきから一連の記憶と手に残った感触を思い出しては「勘違いじゃないよね?」「はっきり握ってくれたよね?」「あれはそういうことだよね?」「翔太君の目が語ってたよね?」と脳内検証を行っていた。もし軽率に話してたまちゃんとアリスに「そんなことないでしょ」って失笑されたら恥ずかしい。だから説得力のある説明の仕方を探していた。結局ストレートに言うだけになったけど。

「りさ子やったやん! おめでとう!」

「良かったじゃん!」

けれどふたりは疑うこともなく、私に祝福の言葉をくれる。

「いいなあ。もっと喜びなよ?」

と、アリスが肩でアタック。あやうく体勢を崩しかける。よろけた私におかまいなく、アリスはまくし立てる。

「カーテンコールもりさ子に目線いってたもん! ちょいちょいこっちに目線やってたよ翔太! 私わかったもん!」

興奮するアリスから唾のシャワーを浴びた。

たまちゃんも乗っかって、

「うわ、それ絶対りさ子に向けとったよ」

「違うよ、私なんかに……」

「差し入れのお礼やない？　凄《すご》いのあげとったやん」

「ああ、うん」

　クロムハーツの新作。

　いかつめファッションの翔太君は、クロムハーツ好きをブログで公言している。でも持っているのは左手のリングと、オーソドックスなネックレスの二つだけ。いつも同じネックレスだと飽きちゃうかなと思って、今期のボーナスの大半をつぎ込んでプレゼントしてみた。まだ駆け出しの俳優だから、そんなにお金がないことも分かっている。せめて私が、ちょっとでもサポートしたい。贈り物のセンスなんてないし、自分で自由に選んだものは不安であげられない。でも本人が好きなブランドならもらってくれるはず。店頭でお店のお姉さんが選んだからデザインも間違いない。

「あれは、翔太君が着けてくれたら嬉しいなって思って」

「いやいやいや」アリスは激しく首を振る。「速攻インスタあげてたからね？」

　初日のプレゼントボックスに入れておいたのだけど、その日の深夜にアップされたインスタグラムの翔太君の自撮りの首元に、ばっちりそれは光っていた。もしかしたら、さっきのハイタッチは「素敵なプレゼントをありがとう」って意味だった？

「いいなあ」たまちゃんは拳をぎゅっと握る。「ウチももっと貢がんとなあ。推しのためにお仕事頑張る！」

「私も明日から頑張ろ〜」

とアリス。

「ふたりとも、明日仕事？」

「普通のOLなんで。りさ子もでしょ？」

「うん」

明日は週明けの会議で七時出勤だ。あまり考えたくない。何の権限もない私が部署の会議に参加しても意味がないのに、社員全員強制出席だから億劫《おっくう》……。公演期間は平日昼公演のために有給をフル活用するので、久しぶりに会う同僚の視線もなかなかに痛い。

「ウチ、もう一泊して朝一で地元戻るから午後出勤」

「あれ？　深夜バスじゃないんだ？」

てっきりこの足で帰るんだとばかり。

「だって」たまちゃんはビールジョッキをあおる真似《まね》をして、「アフターしたいやん？」

そうなのだ。舞台は観ただけじゃ終わらない。

あれが良かった、あれにシビれた、あれは悶《もだ》えた。

話したいことが山ほどある。

感動の共有こそ、友だちと観劇する醍醐味《だいごみ》。

「この一週間パワーもらったから頑張れる!」

言いながら、たまちゃんがカートを引いて歩きはじめる。

「私も」「うん私も」

私たちは劇場入口から離れた。大中小の三人が並んで歩く。建物に沿うようにして裏手へまわった。

劇場裏、道路の街灯のほかは明かりがない。お祝いのスタンドフラワーが立ち並ぶ、華やかな劇場エントランスとは違って、ここは巨大な倉庫のような、うら寂しい雰囲気に満ちている。まるでハリボテの裏面。舞台の虚構そのものみたい。

私たちは道路と敷地をわける壁を背に待機した。闇にとけるように、ひっそりと立つ。

ここからは終始無言。

下手に騒ぐとスタッフに見つかって注意される。

今いるのは道路側だから不法侵入ではない。だけど前に一度、しゃべりながら待っていると「近隣住民の皆さまのご迷惑となりますので」って追い払われたことがある。

たまちゃんとアリスはスマホをいじりだした。ふたりの顔が下から怪しく照らされる。

私は見逃しが怖いので、じっと裏手の入口を監視する。

どれくらい経《た》っただろう。

劇場裏の扉から光が漏れ、何人かが外に出てくる。

「来た！」

私に呼応して、ふたりが視線を同じく扉へ向ける。

私はカバンのサブポケットに手を差し込み、お手紙を確かめた。

心臓の鼓動が早くなる。

挙動不審にならないように、心のなかで「台詞」を繰り返す。お疲れ様でした。すごくかっこよかったです。応援しています。当たり障りのない言葉で充分伝わる。

よし。大丈夫。

私は心を落ち着かせる。

そして翔太君を、心から待つ。

02 楽屋

駆け足で楽屋に戻りドアを開けると、一緒に帰ってきた瑛太郎《えいたろう》が拳を突き出した。

「千秋楽お疲れ。無事に終わったな」

僕はその拳にあえて応えず、フェイントをかけて瑛太郎を力強く抱きしめる。ともに舞台を創りあげた友への熱い思いで——なんてことはなく、もちろん嘘《うそ》のスキンシップ。汗で湿った衣装の触り心地は最悪だった。

「おお、あっきー何だよ。照れる」

瑛太郎が上から僕を見る。頭一つ分の身長差が妬《ねた》ましい。雨ノ宮《あまのみや》瑛太郎。けったいな芸名の、僕と同い年の新人俳優。芸歴は僕の方が長いけど、そんなことで先輩風を吹かせられるほど、二十二歳という歳《とし》はこの業界で機能しない。俳優「秋山悠」のキャリアはまだまだ充分とは言えない。

だからこうして今も、芸術性の欠片《かけら》もない舞台に出演して、経歴をアップデートしている。ギャランティで日々生活をしている。

恵まれていると思う。俳優、それも舞台中心で食えている奴《やつ》らなんてほんの一握り。

今の自分の人気も、所詮は『政権☆伝説』のおかげ。原作キャラクター「桂太郎」が付加価値として人気を底上げしてくれている。それを履き違えたら終わりだ。初舞台で天狗《てんぐ》になってしまう若手俳優を何人も見てきたが、調子に乗った者はことごとく瞬間風速的に消えていった。いきなりチヤホヤされるのだから無理もない。目の前にいる瑛太郎はどうだろう。大学一年でモデルにスカウト、すぐにコンテストで華々しくグランプリを獲《と》ってチヤホヤされてきて、今回が役者のデビュー戦。面長の三枚目っぽさを、流行《はや》りの「塩顔」でカバーしている。典型的な雰囲気イケメン。十代の若い女子は確かに好きそうだ。けれど演技はズブの素人。努力なくして生き残れるわけがない。すぐに消えるか、板の上にしがみつけるか。せっかくだから見届けてやろう。僕のことを慕っているし、『政権☆伝説』の座組では最年少コンビだから、仲良くしておいて損はない。俳優は個性よりも協調性が大切。めんどくさいアーティスト気取りは真っ先に干される。そういう先輩俳優を何人も見てきた。

「やー、終わった終わった！」

最年長の孝介《こうすけ》さんを先頭に、どかどかと先輩俳優たちが楽屋に戻ってくる。

「お疲れ様です」

僕は丁寧に頭をさげる。

「おー。お疲れお疲れ」

泰平《たいへい》さんが真顔で返してくる。身長一九〇センチ、メンズモデル界ではちょっとした有名人だ。私服はいつも全身真っ黒、こてこてのモード系。僕は心のなかで泰平さんを《黒の衝撃》と呼んでいる。ぶっちゃけ芝居はうまくないしテキトウだけど、実力不足は独特のオーラで補っている。プロデューサーにも気に入られやすい、飄々《ひょうひょう》としたずるいタイプ。同じ事務所の後輩にあたる瑛太郎も、泰平さん経由でキャスティングされたらしい。ふたりがセットなら、ファッション雑誌での宣伝効果も見込めるからだろう。モデルやアイドルが集客力を持っているのは理解できるが、そう易々《やすやす》と八百席の舞台に出演されると専業俳優としては面白くない。職場を荒らされている気分だ。

俳優は専門職。ルックスとセンスに恵まれた者が、確かな技術とたゆまぬ努力で、己を磨いて輝ける。イケメンってだけで「イケメン俳優」になれると思ったら大間違い。

「ビール飲みてえ！」

衣装を脱ぎながら、孝介さんが叫ぶ。

こいつは問題外だな。僕はその暑苦しさに軽蔑をおくる。

最年長・三村《みむら》孝介。自他ともに認める「舞台屋」だ。口を開けば演技論、飲み屋で酔えば人生訓。「俺には舞台しかねえ」が口癖で、あまりの暑苦しさに僕は近くにいるだけで微熱が出る。

やれやれ。舞台屋さんのせいで楽屋がさらに蒸してきた。

僕もウィッグを外して、汗だくの髪をバスタオルで拭いていく。全身ぐっちょりで気持ち悪い。シャワーを浴びたいが、この劇場は備え付けの設備がないため、すぐにはこの不快感から解放されない。

舞台は泥臭い。

華やかなステージ上でも、汗は飛び散るわ、涙は飛び散るわ、鼻水まで飛び散るわ……。ばっちりメイクで二次元キャラを演じているのに生々しい人間の体液。観客はどう思っているんだろう。見て見ぬ振りなのか、逆に萌《も》える〜とか言うのかな。あいつらなら言いそうだ。オタク女は変態発言をする子が多い。ネットで「性癖がどうの」って会話を見かけてびっくりした。

「あーっ暑い！　ビールビール！　早く飲みてえ！」

「孝介さん早いっすよ」

騒いでいる孝介さんに、翔太さんがツッコミながら現れる。

『政権☆伝説』主演・瀬川翔太、二十三歳。職業はもちろん俳優。

僕の、秋山悠の。ライバルとも言うべき存在。

「座長！」瑛太郎が媚《こ》びを売る。「お疲れ様でしたっ！」

「ありがとう。瑛太郎もお疲れ。千秋楽、熱かったよ」

そう言って瑛太郎の肩に腕を回した。

「マジすか。あざます！」

後輩への面倒見もしっかりしている。だけどそれは本心だろうか？

「いやあ〜、いい千秋楽だった！」

孝介さんが加わり、

「はは、有終の美？」

泰平さんが追随する。

僕はこのハッピームードが気に入らず、

「千秋楽、微妙だったなー。悔しい」

と、ついつい呟《つぶや》いた。

芝居は、毎ステージ同じように動いて同じように台詞を話すことが求められる。が、現実的に寸分たがわないというのは機械でない限り不可能だ。どうしたってちょっとずつ誤差が生じる。観客に分からない程度で毎公演違うものができる。完成すれば終わりのドラマや映画との大きな違い。そして千秋楽と呼ばれる、最後のステージがいちばん難しい。演技中に「これで終わり」という雑念がどうしても頭をよぎるからだ。

「マジ？　昼と同じ感じしたけど」

瑛太郎があっけらかんと答える。

「全体のテンポ、走ってたよ」

瑛太郎の演じる「米内光政《よないみつまさ》」の台詞のスピードが速くて、僕を含めまわりが引っ張られてしまった。

「えっ、わかんない」

「まああああっきー、もう終わったし言ってもしょうがないでしょ」

泰平さんが後輩を味方する。ですよねーと瑛太郎が自分の鏡前に踵《きびす》を返す。

ったく、これだからモデル出身は。芝居の出来不出来も分からないのか。

今のステージは、気合いだけが空回りして、会話が成立していない箇所が多く、普段ならミスしないところでのトチリが散見された。もっと手堅くできたはずなのに。

「殺陣すみません、俺二か所間違えました」

翔太さんが、泰平さんに謝っている。律儀な人だ。

「大丈夫、あんなのお客さん気づいてない」

そう言っている泰平さんは、僕の知る限り台詞を八か所も間違えている。

きっと演出担当の竹澤《たけざわ》あやはさんは怒っている。下手をすれば打ち上げでダメ出しをしかねない。打ち上げは芝居の話をせずに楽しくバカ騒ぎが一般的だが、『政権☆伝説』演出家の竹澤あやはさんは芝居にうるさく、大楽《おおらく》の日でも本番中、裏方ブースから厳しい目でメモをとる。歳は四十過ぎ、平素は物腰柔らかいけど稽古場では昔ながらの「鬼演出家」だ。前も打ち上げ前に「ラストの回は観れたモンじゃなかった」と切り出して、一瞬にして空気が悪くなった。挙句、孝介さんが怒られ続け、しょげてしまって泣き酒になり大騒ぎ。ひとり終電に消えていく孝介さんの可哀想《かわいそう》な背中ときたら。あれは本当にシュールだった。

僕たち俳優は、自分だけの力ではどうにもできない。好き勝手に演じていては良い作品が作れない。座組メンバー同士のチーム戦。そして監督として陣頭指揮をとるのが舞台演出家だ。

『政権☆伝説』舞台版の生みの親、竹澤あやは。真面目な人だが、神経質なところもある。それゆえに、旬のイケメン俳優を起用しているだけの他の2.5次元舞台とは一線を画しているのも確かだ。あくまで仕事。馴《な》れ合わずに戦う稽古場の空気は嫌いじゃない。食らいついていけば、また次の大きなチャンスにつながる。単純で分かりやすい。

僕はここから、さらにのし上がる。

もっともっと、もっと上を目指す。

男子楽屋では一斉に、衣装から私服への着替えがはじまって、男の匂いが部屋に充満する。高校の男子更衣室と同じ匂い。あの頃から何も変わらない。変化があるとすれば、その匂いにプラスして甘ったるい香水が混じるようになった。混ざり合って余計に異臭度が上がっている。

さっさと着替えて、劇場を出よう。

「お疲れ様ですーっ！」

制作部の男性スタッフが入ってくる。疲れているんだから大声で挨拶するのはやめてほしい。居酒屋の店員じゃあるまいし、一辺倒に快活である必要なんてない。こういう体育会系のノリは苦手だ。

「あっきーさん！　プレゼントこちらに置いておきます！」

黒Tシャツのスタッフが長机の段ボールを指して言う。僕は「ありがとうございます」と愛想よくお礼を述べた。

スタッフがいなくなったところで、箱の中身を物色する。「差し入れ差し入れぇ」と思わず漏れ出てしまう。

「おい。くれくれ乞食」

泰平さんが僕を野次る。「何すかー？」と困り声を出しながら、紙袋の中身を順番に確認。

まず上に乗っている色紙イラストを速攻で排除する。謎のブームになっているオリジナル差し入れ。原作の絵にも僕自身にも一ミリも似ていない桂太郎の似顔絵が書かれている。誰が得するんだこれ。これをそのまま捨てると角が立つので、しぶしぶ家に持ち帰って写真だけアップする。面倒くさい。

気を取り直して差し入れチェック。

ファンからのプレゼントは、一日ごとのご褒美だ。現物で支給される日給みたいなもの。何が出るか、ガチャを引く感覚で開封していく。

「ぬいぐるみ……奇怪なオブジェ……安っぽいキーホルダー……絶対着ないTシャツ」

ハズレも多い。趣味を押し付けてくる人や「なぜそれを俺に？」って見当違いが大半。

「最近梅酒にハマってる～♡」って発言したら黒糖焼酎が届いたこともある。ちゃんと調べてほしい。

などと辟易《へきえき》していると、当たりの予感が。

「やった。スタバカード！」

薄い包装は当たりの証拠。金券は若手俳優へのプレゼントの定番だ。いちばん嬉しい。

繰り返すが金券がいちばん嬉しい。

「羨ましい、おごって～？」

いつの間にいたのやら、背後から瑛太郎がスタバカードに手を伸ばす。

「やだよ馬鹿」

その手をかわしてスタバカードをポケットにしまう。はやくアプリにシリアルナンバーを入力して金額をチェックしたい。

幸先《さいさき》がよくなったところでガチャ再開。

「あっこれ……」

ちっ。やっぱりあった。ハズレのなかのハズレ。

「手作りクッキーじゃーん。あっは、だせぇ」

瑛太郎も笑っている。百均で売ってそうな英字プリントの包装紙に包まれているのは、いびつな形状をした四個の焼き菓子。何らかの文字が書いてあるようにも見えるが、焦げ具合がひどくて読めない。廃棄。即廃棄。なかったことにして次の袋を覗き込むと、

「これもかよ。やめてぇ……」

今度は巨大な一枚の板チョコレートに「政権☆伝説 秋山悠!?」と丸文字で書かれている。だから何だ。それを言われてもリアクションに困る。というか「!?」ってどういうことだ。驚きも疑問も全然なくて僕は秋山悠だよ。そして書くんだったら名前はタイトルと統一して役名に揃《そろ》えるべきでは。

「さすがに乞食も食わねえな」

蛇みたいに笑って、泰平さんが毒舌を投げてくる。

「だって」僕は反論する。「知らない人の作ったもの食えます?」

「無理」

即答。瑛太郎も「無理無理～」とおどけてみせる。

僕だって絶対に無理だ。想像すれば普通は分かりそうなものだけど。向こうは僕を知っているが、こっちは知らない。悪意のある人間がイタズラするかもしれないし、手作

りお菓子に唾液や陰毛が混入されていたという、都市伝説じみた実話も聞いたことがある。それに変な作為がなくとも、どんな衛生環境で作られたかも分からない保存料不使用の食品を食べて、お腹《なか》を壊せばどうなる？　降板、休演、最悪の場合は公演中止。その責任をファンは負えない。手作りお菓子は興行そのものを危険にさらす軽薄な行動だ。

「まあ気持ちはありがたいけどね」

と、翔太さんがフォローを入れてきた。

僕は率直に、

「分かんないです。こんなの食べられるわけないですよ」

と返しながら、親指と人差し指で紙袋をそっとつまみ、楽屋に備え付けのゴミ箱に放り捨てた。

「プレゼントはさ。あげることに意味あるんだから、食べるまでセットじゃないよ」

「翔太さん大人っすね」瑛太郎が返す。「優しい〜」

同感だ。そんな相手の立場に立てるほど僕は優しくないし、もっと言えばお人よしじゃない。何故《なぜ》なら考える必要がないから。僕は俳優として自分の仕事を「板の上」で全うしている。ファンサービスも行っている。報酬の対価としてのパフォーマンスをするだけでいい。ファン一人ひとりの、個人の事情や感じ方なんて顧みる必要はない。

深入りしないことだ。相手と対等になった途端に、足元を掬《すく》われる。芸能ビジネスなんてそんなもの。ファンが必ずしも自分にとって完全な味方でいる保証はどこにある？

僕は翔太さんの、こういうところが甘いと思う。

今をときめく人気2.5次元俳優。その生真面目そうで端整な顔立ちは、悔しいがまさに主役にうってつけ。彼がメインキャラを演じると、原作の人気が爆上がりすると言われるほど。あちこち引っ張りだこで、『政権☆伝説』製作陣もスケジュールを押さえるのに躍起らしい。

人気は僕よりあって、俳優としての地位は、確かに格上かもしれない。だけどプロとして脇が甘い。人気商売の本質を分かっていない。翔太さんは自己プロデュース型ではなく天然肌なのだ。今はいいかもしれないが、この先それが命取りになるだろう。

その時こそ、僕が「食う」番だ。

タイプは全然違うのに、僕と翔太さんを両方好きという人が一定数いる。僕がネコなら翔太さんはイヌ。あざと可愛い系の僕に対して、翔太さんは無意識可愛い系というのが僕の分析。けれど共通する部分があるのだろう。ネコもイヌも両方好きって人はいる。

だからこそファンの、数字の取り合いになる。

瀬川翔太。この俳優に勝てば、さらに上にいける。

「そうですね。さすが翔太さん」

敵意をむき出しにしてはいけない。だから今は大人しく従っておこう。

「いやでもさあ」ここで孝介さんの横やり。「食べてほしいだろうよ、作ったからには」

そういう感情論は論外だ。考えているようで何も考えていない。やっぱり典型的な役者バカ。もともと小劇場で活動していて、体力やアクションの技術を買われたに過ぎない。今年で三十八歳だったか。二次元のキャラクターを演じるのも無理がきている。稽古着はいつも、年季の入った同じジャージ。頭にタオルを巻いちゃうような舞台屋さん。

この人なら、もらったものは何でも食べそうだ。

僕は試しに、ゴミ箱からクッキーを拾い上げ、差し出してみる。

「あ、じゃあ孝介さん食べます?」

「要らねえよ」

「もう本番終わったからいけますよ」

「じゃあ捨てんなよ、あっきー食えよ」

瑛太郎が足でクッキー袋の側面を叩く。衝撃で床に落ちて、嫌な音がした。

「あーあ割れちゃった」

無残な末路を辿《たど》ったクッキーの箱を、瑛太郎が蹴って僕の足元にスライドさせる。蹴り返してくるのを待つかのように、サッカー選手みたく小刻みに体を揺らしている。

「だから食べないって。明日から稽古だわ」

僕は拾い上げてさっさと片付ける。再びゴミ箱めがけてレイアップシュート。決まった。差し入れタイムは終了。千秋楽はたいして高額プレゼントもなかった。つまらない。

「明日から？　あっきー売れっ子だな」

孝介さんの羨ましそうな声。

「遅れ合流だから、午前中に台詞入れなきゃで地獄っす。吐きそう」

三週間後にはまた別の初日がはじまる。現場が絶えないのは喜ぶべきだけど、体のメンテナンスと休養ができないのは痛手だ。若いとはいえ、いつかは悲鳴があがる。自己管理も俳優の立派な務め。自分自身が商品なのだから。

「頑張れ。俺、明日はモンハンやるわ」

「あ、俺もやる。午後、部屋作って待ってる」

孝介さんも泰平さんも次回の『政権☆伝説』まで出演作が決まっていない。いや次だってキャスティング変更はあり得る。まるで危機感が足りない。呑気《のんき》に終わりのないゲームをやっている場合じゃないと思うけどまあ僕には関係ない。

先輩たちがモンハン話で盛り上がっている隙を狙って、

「翔太さん、写真撮ってもらっていいですか？」

と鏡前に近づく。翔太さんの髪はまだセットし直してなくてぐしゃぐしゃのまま。

「もちろん。今？」

「はいぜひ！」

迅速にスマホを取り出してインカメラを向ける。僕は翔太さんの頬に唇を近づけてのカメラ目線。ビューティープラスで二回撮る。

「ツイッターにアップしても大丈夫ですか？」

ちらっと画面を見せると「いいよ」と快諾される。細かい画像修正は要求されない。

「ありがとうございます。後で送りますね」

「うん」

計算通り。「公演終了ツイート」はこの画像でいこう。翔太さんとのツーショットはリツイート数が稼げる。いちゃついているように見える写真。BL好き界隈《かいわい》へのサービス精神も忘れない。しかも、翔太さんの顔がまだメイクを落としきれていない、不完全な状態での撮影に成功した。あとは気づかれない程度に僕の顔面だけ補正して投稿する。必然的に僕のほうが盛れる。我ながら完璧だ。こういう地道な努力こそ、ネット社会では効果絶大。実際に舞台を観に来ている人数より写真を見る人数が圧倒的に多いわけだから。打ち上げ前にアップしておこう。

ドアが開いて、

「みんなお疲れ様でしたあ」

ゆっこさんが男子楽屋に入ってくる。

ヒロインの闖入《ちんにゅう》に「まだ着替えてっから」「えっちー」とパンツ丸出しのイケメン俳

優たちが応戦。

「おっそ。早くしなよ、舞台のバラシはじまってるよ？　打ち上げ会場さっさと行こ」

男子の戯れを一刀両断。本番が終わった直後ですらこのドライっぷり。尊敬に値する。

『政権☆伝説』の原作は乙女ゲーム。プレーヤー視点のキャラクターとして、女性キャストが存在する。僕ら歴代総理大臣は壮絶なバトルの最中《さなか》、ヒロインを取り合って恋のかけひきをするのだが、出演女優には舞台ファンからのヘイトが集まりやすい。自分の好きな男たちのいちばん近くにいるわけだから、男女の何かしらがあるという不安が拭えないのだろう。ヒロイン役はあることないことネットで叩かれるのが常だけど、ゆっこと長谷川佑子《はせがわゆうこ》はうまくやっている。自己主張せず、オンナを出さず、一歩引いて俳優たちを立てる。きりっとした目鼻立ちも女性客を「安心」させるのかも……。恋愛にも興味がなさそうに見える。でも内実は、

「ねえ泰平。先に出ていい？」

「おういいよ。一回家に帰る？」

「うん、荷物置いてくる。でさあ、今日鍵忘れたから……」

「ああOKちょっと待って」

泰平さんが着替えを中断して、カバンを漁《あさ》る。取り出したキーチェーンを渡されたゆっこさんは「ありがとう～」と軽快に出口へと向かった。その姿はどこにでもいる普通

の女性だ。

人気若手モデルと共演女優の同棲《どうせい》。

裏側なんてこんなもの。

巷《ちまた》の熱愛報道やスキャンダル発覚は氷山の一角に過ぎない。業界内だけで周知されている「付き合った別れた」四方山話《よもやまばなし》はごまんとある。アイドルのエグい話を週刊誌へ定期的にリークして生活費を稼ぐ売れない役者を僕は知っている。芸能人もただの人間。誰もが持つ汚い部分を隠せる人間が生き延びる。

「じゃあまた後で。みんなお疲れ様ー、打ち上げでー」

今回の稽古期間中に付き合いはじめたふたりを咎《とが》める者は皆無だ。そして観客は何も知らない。ふたりがステージ上でラブロマンスを繰り広げているところに自分を重ね合わせて、架空の恋物語にお金を払って耽溺《たんでき》する。

着替えを終えて、荷物をまとめ終わる。楽屋を軽く掃除して整えていると、瑛太郎が風呂に行きましょうと提案したのでみんながそれに乗っかる。泰平さんが「孝介さんは暑苦しいから抜きで」と言って笑いが起きる。僕のいた男子高と大差ないノリ。僕は色白でいじめられた経験もあって、裸の付き合いは苦手だ。でも風呂上がりに全員で写真を撮れば、ファンも喜ぶに違いない。一緒に写らないと、ハブられていると邪推されかねない。

ぞろぞろと楽屋を出て、廊下を通って劇場裏手の搬入口《はんにゅうこう》へ。慌ただしくスタッフたちが往来している。舞台セットを制限時間内に撤去しなければいけない「バラシ」は、まさしく時間との戦いだ。作業の邪魔にならない程度にスタッフに挨拶をして、役者陣は一足先に外へと出る。

外の空気が気持ちいい。

やや湿度が高いものの、劇場内の埃《ほこり》っぽい空気よりは幾分マシ。

薄暗い敷地を通って道路に出ると、人影が動くのを発見した。「出待ち」か。うざい。公式サイトで「出演者への劇場内外での声かけ、直接プレゼントを渡す行為などは固くお断りします」と再三アナウンスしているのに、この手の輩《やから》は跡を絶たない。一瞥《いちべつ》すると三人。数の問題ではないけど、今日はそんなに多くない方か。一定の距離を取ったまま近づいてこないので、僕目当てではないようだ。僕は帽子を深くかぶり、瑛太郎と連れだって早歩きで大通りに向かう。そのままタクシーを拾ってしまおう。みんなとはスーパー銭湯で落ち合えば問題ない。

「あの！」

後ろで誰かが声をかけられている。捕まったか。

僕は気づかない振りをして、タイミングよく走ってきたタクシーに向け右手をあげた。

03 劇場裏

「翔太君へ。RIKAKO.です。お手紙またまた失礼します。ついに千秋楽おめでとうございます。いまマチネ終わりに書いています。どこのカフェだか分かりますか? 翔太君が昨日の本番前に寄っていたドトールです。インスタを参考に同じ席に座ってみました。窓からは翔太君と同じ景色が見えています。

もうすぐ最後のステージですね。ラスト観るのが楽しみで緊張してきました。終わっちゃうの寂しいな……。初日から毎ステ観てきましたが、公演中もどんどん成長して、役が深まっていくのが分かりました。さらに原敬になっていく翔太君を見ることができて幸せでした。改めて、原敬は翔太君にしか演じられない!って思いました。

翔太君と出会って一年半。今日は改めて今までのことを書きたくなりました。最初は伝ステの新シリーズで、私の推しキャラを演じてくれる人ということから、翔太君を知りました。伝ステは、初期の『伊藤博文《いとうひろぶみ》三部作』からずっと観てきて、すっかり舞台のファンだったので、原敬編が決まったとき本当に嬉しかったのを憶《おぼ》えています。ゲームでは伊藤博文も好きでしたが、今ではすっかり原敬がいちばんになりました。

今でも忘れられません。あの初日は衝撃でした。舞台上に、私の好きなキャラクターが生きている。呼吸して動いている。舞台を観ているうちに、原敬よりも翔太君自身を好きになる自分がいました。ブログやツイッター、インタビュー記事を読んで、どんどん翔太君を知りました。役作りに対する熱心な姿勢。原作イラスト一つひとつを研究して、表情や顔の角度、声優さんの声にまで近づけるストイックさ。運命だって思いました。好きなキャラを演じる人を、こんなに好きになれたなんて……とても幸せです。

最近は、ネットで翔太君の名前を見るだけで嬉しくなっちゃうし、これからどんどん大きな舞台で活躍していく人なんだって思うと、私まで誇らしいです。こんな一般人の私に、優しい言葉をかけてくれたり、名前を憶えててくれたり、すごく嬉しいです。ちょっとだけ、特別な気持ちになっちゃいます。これからも、ずっと翔太君一筋です。翔太君の頑張っている姿を見ると、私も頑張ろうって元気をもらえます。翔太君は私の生きる希望。抱きしめてくれる太陽です。これからもいっぱい輝いてください。大好きです。RISAKO.」

今日の昼公演を観終わってから書いたばかりのファンレター。その日に書いて渡すお手紙はすごく鮮度が高い。本来ならプレゼントは受付のボックスに入れる決まりだけど、千秋楽の日は運営スタッフが後片づけや撤収作業でバタバタする。俳優の手にプレゼントが渡らない事故が起こりやすいと、誰かがネットに書いていた。そんなの困る。万全を期すためにも、このお手紙だけは自分で確実に届けないと！

お手紙は初日、休演日前、千秋楽と三回渡すようにしている。

初日に渡すお手紙は、まだお芝居を観ていないから、わくわくしていますとか、今回も楽しみですとか、無難な内容になってしまいがち。

次に休演日前、二通目ではガッツリ舞台の感想を書き連ねる。

私は文章が上手じゃない。他の人のブログを読んでいると、うまく感想をまとめててすごいと思う。自分の感じたことを言葉にするのは本当に難しい。それでも、一生懸命書いたものは、たとえ下手でも伝わるって信じている。だから直筆で丁寧にお手紙をしたためる。

そして最後がこのお手紙。いま手元にある最重要文書。

大切な想いを綴《つづ》った便箋を、黄色いチェックの封筒で包んでいる。私がいま着ているネルシャツに近い柄だ。この封筒を文房具屋で見つけた時はびっくりした。持っているシャツと一緒のデザイン！　しかもそのシャツは、観劇に着ていったことがあった。巡り合わせを感じた。それ以来このシャツを着て会いに行くようにしてきた。安い生地で毛羽立ってるけど今さら変えられない。私の意思ではないものに導かれたのだ。こういうことは生きていると時たま起こる。とても不思議。

お手紙を、いつも同じ封筒で渡して認知してもらうのは一般的な手法。私は応用で、服装まで一致させるアイディアを会得してしまった。翔太君の記憶にも残りやすいはず。

ファッションセンスについては、正直よくわからない。アリスみたいな派手な服も、ギャルっぽい子の露出度が高い服も、女の子らしい清楚《せいそ》で可愛い服も、アピールにはなるかもしれないけど、私みたいな地味な人間が着こなせるとは思えない。「ちょっと冒険……」して買った服で外に出かけると、背後の人に笑われている不安に駆られる。

だから私は「無難」でおさえる。第一、自分のオシャレにお金を使うくらいなら翔太君に投資する。可愛く見られたいって気持ちはあるけど、それはバースデーイベントみたいな「接触イベント」くらいでいい。私にとって優先順位は、自分を着飾るより何よりも翔太君。不釣り合いなオシャレに挑戦するくらいなら、彼にもっと確実にかっこよくなってほしい。

劇場裏に張りつくこと約一時間。

現れた人影が、こちらに向かって近づいてくる。と言っても、私たちがいる位置の、やや離れたところから向こうの通りに出ようとしている。

先頭はふたり。

暗くてよく見えないからシルエットで判別する。ひとりは背が小さくて大きな帽子。あっきーで間違いない。隣ではしゃぎながら機敏に動いているのは瑛太郎だろう。その後すぐ、黒ずくめのひと際大きい人。泰平さんだ。一発で判別できる。あのタッパではどんなに変装しても注目されそう。アリスも気づいて「泰平きた〜！」と声をあげる。アリスは翔太君の次に泰平さん推し。専属モデルの雑誌も毎月購入している。好きなところを聞いたら「顔！」と即答だった。

少し遅れて、またふたり組が歩いてくる。

「きた。翔太君」

直感する。姿がほとんど見えなくても、フィーリングでわかってしまう。

私はすぐさま駆け出した。

「あっ待ってりさ子」

「えー行くん？」

たまちゃんとアリスは、遠くから一目見られるだけで満足だと言う。

私は違う。

私には使命がある。お手紙を渡すミッションがある。

言葉は届いて初めて意味を持つ。

お手紙を、言葉を届けなければ、今日の翔太君が起こしてくれた「奇跡」すら台無しになっちゃう。

翔太君に対しても失礼だ。お礼もしっかり伝えるんだ。

知ってもらわなきゃ！

素早く、翔太君の背後に近づいていく。

迷彩柄のロングジャケット。この服、ブログにあげていたやつ。

一緒にいるのは孝介さんだった。私は翔太君に向かって、

「あの！」

思ったよりも大きな声が出る。トーンも裏返ってしまった。ふたりが身体をびくっとさせて振り返る。

「はい？」

翔太君と目が合って、私は反射的に目を逸《そ》らしてしまう。違うの。本当はずっと見ていたいのに、体が勝手に……翔太君を前にするといつもこう。なんて理不尽なの。

奇妙な沈黙が訪れる。

私が何も話していないせいだと気づくまでに、随分時間を使った。孝介さんは先に歩いていき、翔太君は、私の言葉を待ってそのまま立ってくれている。

「きっ、今日も……」

かすれながらも私は声をふり絞る。

「あっあああこ今回も、その、おっおつ、おおお疲れさまでです、でした、あ違う、その……」

喉が砂漠になる。頭の熱で、私の語彙が溶けていく。

「とにかく、すた、素敵でした！」

何とか最後まで辿り着いた。

「ああ。ありがとう」

翔太君が優しく微笑む。私は勢いに任せて、

「次も頑張ってください応援してます。あとこれ！」

彼の胸元にお手紙を突き出した。勢い余って翔太君の胸に衝突して少し折れてしまう。

私が謝る前に彼はそれを手に取り、孝介さんのもとへと歩いていく。お手紙がジャケットの左ポケットに仕舞われるのを視認できた。

任務完了……。

あっという間に私の視界から消えゆくふたり。

夜の静寂が耳を襲い、私はふぅと息を吐いた。

ぴりっとした、ほのかに香る甘い匂い。

ブラックカラント。翔太君の愛用香水。

鼻孔をくすぐる香りが、全身の筋肉を緩ませていく。

翔太君とどんなおしゃべりができたっけ？

もはや何も記憶にない。

速くなったままの心臓の音を聞きながら、私はそれでも一つの結論に達する。

「……翔太君、尊い」


ピロン。

渋谷方面に向かう途中で、スマホの通知が鳴る。

瀬川翔太「こんばんは」

個人的なメッセみたいで、いつも一瞬びっくりする。

実際は翔太君のツイッターが呟かれただけ。通知がくるように設定してある。ツイッター、ブログ、インスタグラムなど、翔太君がＳＮＳを更新する度に、逐一通知が届く。

アプリを開いて、すかさず「いいね」を押した。

すぐにもうひとつ、呟きが更新される。

瀬川翔太
「舞台『政権☆伝説』憲政の常道編、無事に終演です。ご来場いただいた皆様、応援してくれた皆様ありがとうございました。政権を求める彼らの活躍はまだまだ続きます。引き続き作品を見守ってください」

もちろん「いいね」。音速で「いいね」。

そしてリツイート。翔太君の「肉声」を拡散・布教する一翼を担える喜び。

私のフォロワーのほとんどが翔太君クラスタだからこそ、誰よりも先にリツイートするという戦果を挙げたい。だから時間との勝負。いつ何時《なんどき》でもスマホは手放せない。

普段、私と翔太君を繋げてくれるのは、ネットなのだから。

翔太君の連投が続く。

瀬川翔太「打ち上げまでちょっと時間あるからランダムにリプのお返事します」

きた。

通称、リプ返祭り。

ファンからのコメントに対してお返事をしてくれる。膨大な数のメッセージに普段は反応できない分、制限時間付きでコミュニケーションをはかるサービスタイム。

ものすごい勢いで、コメントが下に連なっていく。

突然の対話。翔太君とのマンツーマン。

たまちゃんもアリスもスマホにかじりついている。歩いていた道路脇の雑居ビルに揃って一時避難。階段隅に寄って、渾身《こんしん》のコメントを書き込みはじめる。


「公演お疲れ様〜！」

↓瀬川翔太「ありがとう」

「今日もお写真ありがとうございます。カッコいいです！」

「舞台行けなかったけど応援してます」

「遠くて行けなかった。地方民にも優しくして！」

「わ〜〜テスト期間とかぶってなければウッ……」

↓瀬川翔太「テスト頑張って！」

たまちゃんが、

たま@伝ステ千秋楽「ブロマイド今回もコンプできました！」

とコメントするも、あえなくスルー。

コメントが次々と連結していく。静止時間はない。

「翔太お疲れさま～！」

「ラストの台詞しびれました！」

↓瀬川翔太「平民のためにあるこの命、今こそ捧《ささ》げよう！」

「ゆっくり休んでくださいね」

「今の髪色がいちばん好き」

「行けなかったのでＤＶＤ待ちです。ネタバレやめてください」

「打ち上げ楽しんで！お酒は何が好きー？」

↓瀬川翔太「やっぱり生中！」

「舞台行ってみたい！しかし遠い」

「一般人が失礼します。翔太君の原敬がクオリティ高くてびっくりしました」

アリスが、

翔太の国のアリス「私は翔太とあっきーが共演してるだけで死ねます」

とコメントするも、そのまま無慈悲に流れていく。

私の指は震えていた。

短い文を打ち込んだまま、送信ボタンを押せないでいる。


「えっ今からリプ返しですか？まだ帰宅途中だから待って！」

「観劇歴まだ浅いですが、翔太君と出会えて良かったです。俳優としても男性としても大好き。今日の夢に翔太君が出てくるといいな」

「劇場出たら星がきれいでした！写真おすそ分け！」

「原敬の役は翔太君にしかできない！」

↓瀬川翔太「ありがとう。誰にも譲りたくない」

「政権☆伝説は翔太君にとって大切な作品なんだと伝わってきます！」

「しょうたきゅんおちゅしょうた〜〜〜」

「キャストでいちばん仲良いのは誰ですか？」

↓瀬川翔太「選べない！みんな仲間！」

「攻撃されて苦しんでる時の翔太の表情っていいのよね、セクシーで。ちょっとえっちな感じするワラ。また早く会いたいな我慢できないよ。打ち上げの写真アップしてね。でもリアタイできない、明日仕事で早いからもう寝るね。翔太おやすみ」


そろそろ終わってしまう。

変なリプライも増えてきた。切り上げる頃合いだ。

まだ間に合う。あとは送信するだけ。

私には、ずっと聞きたいことがあった。

オープンな場で尋ねるからこそ意味のある質問。

どうしても確かめておきたいこと。確証をとっておきたいこと。

みんなも、知りたくて仕方ないはず……。

みんなどこかで目を背けている質問事項。


「原作再現度すごかった！」

「平日に空席あったのが悔しいです」

「いまファンのみんなで飲んでまーす」

↓瀬川翔太「おおっ。楽しんで！」

「初リプです。翔太君の舞台が心の支え」

「どんどん成長していくしょうたんが見れて感動」

私は意を決してツイートする。

ファンを代表して聞きにいく。

RISAKO．「彼女いますか？」

直後、とめどなかったリプライコメントの嵐が止まった。

まるで、ファンが総員、固唾《かたず》を呑《の》んで見守っているよう。

次の瞬間。

私のリプライの下に新しく文字列が表示される。

瀬川翔太「いません、今は仕事が生きがい！」

私のなかに、あたたかいものが注がれる。

良かった。そうだよね。お仕事が忙しいもんね。

聞けてよかった。聞いてよかった。

女の影がないからこそ、安心して好きでいられる。

余計なことを考えずに、いっぱい翔太君を愛せる。

「いいね」

私はそっと静かに、ハートのアイコンを押して赤く染めた。

翔太君はそこでリプ返祭りをやめた。

瀬川翔太「ファンのみんながいてこその俳優です、ありがとう。これからもよろしく」

最後にそう締めくくる。

アリスが、

「やっぱり、りさ子だけリプ返もらえたー」

羨ましそうに目を細める。

「でも、すごいこと聞いたね」

たまちゃんも私に驚きの声をあげる。

私は笑ってごまかして、居酒屋へと足を向け直した。

再び移動を開始する三人。

渋谷はとにかく人が多い。

みんなどこに行くのか。どこへ向かうのか。

あまりの洪水に、なるべく人を見ないように歩く。

歩きながら、私は気になってもう一度ツイッターのアプリを開いた。

メインで使用しているアカウントから切り替えて、閲覧制限のある「鍵」をかけたサブアカウントに変更。フォローしなくても閲覧できるように作成した「非公開リスト」を開く。

タイムラインには案の定、怨嗟《えんさ》が渦巻いていた。


「まーた売れっ子瀬川翔太さんのかまちょタイム（）ですか」

「フォロワー6万超えでわざわざ個別でリプ返するってどうなの？」

「ランダムとか言って絶対相手選んでる」

「結局プレゼントくれて貢いでる女に優しくしますよね。高額プレ貢いで全通するだけが愛じゃないと思うけど……」

「相変わらず質問してる女も返答してる本人も面白みゼロの茶番劇」

「みんなで飲んでますって自撮りあげて認知されようとする女はどうせ自分がブスなの

も自覚できていないのよね。その顔を見せられるこっちの身にもなってほしいわ」

それらは【愚痴垢《ぐちあか》】と呼ばれている。

匿名の仮面をかぶって毒をまき散らす、悪魔に似た黒い鳥たちのざわめき。

「そうやって中途半端にリプ返してかまっちゃうから勘違いするヲタがでてくるのよ。若手廃油たちは自分で自分の首を絞めてることが分からないのかしら」

「地方だから行けない、お金ないから行けない、テストで行けない。そんなことをわざわざ言って何がしたいの。こっちは毎日働いて節約して交通費宿泊費チケット代グッズ代を捻出してるけど？何かと理由つけてお金出さない奴より、お金出してるほうが、愛が形になって伝わるっていいかげん理解して」

「お金を落とす人間が偉いみたいな考えがまず無理。貢ぐことしか能がないならホストクラブにでも通えば？」

「愛情表現の論争は飽きました。重たすぎるガチ勢こわ」

翔太君への悪口もあれば、ファンに対する苦言も多い。

このなかにはさっき翔太君にリプライを送った人間もいるはずだ。

アカウントは変えて。自分だとばれないように。

ネットでは、複数の人格を使い分けることができてしまう。

別人格で同じ人間。表と裏。建て前と本音。きれいと、きたない。

「あっきーは何がしたいの？翔太に対していつもビジネスホモで写真あげてるしこれ以上翔太の人気に便乗して自分売りするのほんとやめて。あっきーファンも乗っかってくるからタチが悪い。演技で勝負してる翔太に腐女子が食いつくの迷惑」

「彼女いますか？って質問してる奴は非常識すぎ。みんなが見てるところで翔太を困らせる人はファン失格。翔太もスルーに徹するべき」

「彼女いなかったら何なんでしょう？お付き合いされたいのですか？」

「推しは出待ち対応にもゆるいし、基本誰にでも優しいから、リアコ増やしちゃうのよね。プロなんだからしっかりしてほしいわ。男性として好きって送ってる方は恋人にでもなりたいのかしら〜。ファンはどこまでいってもお客さんでそれ以上の関係にはなれないの早く気づきなさいよ」

「気づきなさいよ」

「「気づきなさいよ」」

「「「気づきなさいよ」」」

文字が直接、頭に響いてリフレインする。

それ以上は追うのをやめた。一度読んでしまった言葉は、振り払っても脳にまとわりつく。

私についての言及もあった。

目立つ行動を取ったのだから当たり前だ。マークされたかもしれない。しばらくは【愚痴垢】たちの監視対象になる恐れもある。下手をすればアカウントが晒《さら》されて叩かれる危険性だって……。

でも。関係ない。

いざとなれば、少しずつフォロワーをシフトしてアカウントを乗り換えたらいい。名前もプロフィールも変えてしまえば足はつかない。私だってネットでは「ＲＩＳＡＫＯ.」だけじゃない。複数の人格を有している。はた目には違う「個人」を獲得できる。

私は何人もいる。

ただし大きなデメリットもある。

メインのアカウントをそうやって「転生」させると、翔太君がネット上で私を把握できなくなる。一致しなくなる。だからそれは最終手段だ。できれば、この「ＲＩＳＡＫＯ.」のままでいきたい。

私は思う。
私の翔太君への感情に、他の人が干渉するのはおかしい。
だからネットの無責任な言葉を、私は気にする必要ない。
私は、私の心にストレートに。
ただリアルに、恋していたい。

04 打ち上げ会場

「全員お酒揃いましたーっ！」

などと言っている瑛太郎が一杯目に熱燗《あつかん》を頼んだせいで、随分と待たされた。

ここ渋谷・宮益坂《みやますざか》の隠れ家的なお座敷居酒屋は、『政権☆伝説』をプロデュースする制作会社が御用達《ごようたし》の打ち上げ会場。他のグループ客の喧騒《けんそう》が聞こえない、静かでいいところだ。

みんながグラスを手に、今か今かと待っている。

最初の挨拶がなければ、飲み会ははじまらない。

「じゃあ、あやはさん」僕はすかさず演出家をたてる。「乾杯の音頭を」

「ここは翔太でしょ？」

あやはさんがバトンをまわす。

「いやいや」

勘弁してくださいよと顔を横に振る翔太さんに「主演！」「待ってました！」「どうぞステージへ！」のコールが次々と浴びせられる。彼は立ち上がって、

「えっと、今回は原敬メインってのもあって、結構みんなに迷惑かけて……」

堂々とした舞台上での立ち振る舞いとは打って変わり、こういうアドリブは苦手な翔太さん。

「かけてなーい！」

盛り立てようと叫んでみたら、隣の泰平さんから「うるせえ」とたしなめられる。出過ぎたか？　なかなか難しい。

「いろいろと助けも借りて、全員で千秋楽まで走りきることができました。本当に皆さんありがとうございました！」

あちこちで拍手が起こる。

模範解答のような挨拶だ。堅苦しくて面白みに欠ける。

そんなんじゃバラエティ番組では役に立たないぞ先輩。

「誰一人、欠けることなくここまで来られて、本当に良かったです。お疲れ様でした！」

お疲れ様でしたーというユニゾンを皮切りに、あたりはグラスを合わせる音で満ちる。

席を立ち、プロデューサーや演出家などスタッフ陣へ率先してご挨拶、それから年長キャストのもとへ赴く。順序と速度。こういうところで業界マナーがなってない奴は、何をやってもダメだ。

乾杯ラッシュが終息に向かい、ひとまず一旦座ろうという雰囲気になるタイミングで、

「あやはさん、いいですか？」

と演出家の隣席をキープ。

「おっ、悠。お疲れ」

ガツン。互いのビールジョッキが、二度目のご挨拶。あやはさんは俳優を下の名前で呼び捨てにする。若手に親しみやすく距離を縮める兄貴肌な性分だ。

「今回もお世話になりました」

「こちらこそ。いい感じに空気作ってくれてありがとう。助かってたよ」

「そんな……精進します！」

トップバッターは好印象にうつる。記憶にも残る。お酒が入ってからの会話の内容はどうせ忘れてしまうんだ、本格的に宴席がはじまってしまう前にすべてを終えてしまえばいい。

「これからも頑張ります。ありがとうございました！」

握手を交わし、席を立つ。

いつまでも偉い人を独占すると、それはそれで角が立つ。何事もバランスが命。

すでに場は雑然としつつあった。

精神的にも体力的にも厳しい本番期間を終えたチームは、だらしないほどすぐに酩酊《めいてい》

集団に様変わりした。疲れもあってお酒のまわりが早い。それでいてテンションが高い。
瑛太郎が、お手伝いスタッフの女の子たちに処女かどうかを問い詰めて遊んでいる。明確なセクハラ行為。なのに空気は盛り上がる。

「おいヤリマン！」

「何よ粗チン」

しょうもない下ネタが飛び交っても嫌な顔を誰もしないのは社会人として特異すぎる。女の子もまんざらではないような反応をしている。イケメン俳優と近づけるならオイシイって？　需要と供給の一致なら構わないが、少なくとも僕が抱きたいと思える偏差値の女は見受けられなかった。

俳優は、本番終了時に性欲が異常に湧き上がる。解放感、達成感、陶酔感、高揚感が噴出して、欲情するのは否定できない。

けれども。

そこで刹那的になれば己の価値が下がる。レベルの低い女と肉体関係を持てば俳優としての値打ちに傷がつく。「打ち上げで盛り上がってホテル行っちゃった♡」「お持ち帰りされて次の日まで一緒だった♡」と吹《ふい》聴《ちょう》されるのは自明の理。こんなところで足を掬われてたまるか。性欲のコントロールもまた仕事のうち。

「次回公演のことなんですけど」

一通りのコース料理が運ばれて、お腹も満たされつつあった頃合いで、翔太さんの声が耳に入ってくる。

「次回公演って、賢護《けんご》さん復帰するんですか？」

振り返ると、翔太さんとあやはさんがサシで話していた。

「あー。もうそれ確定なんだ？」

「違うんですか？　森プロデューサーが……」

「僕にキャスティング権ないし、プロデューサーが言うならそうなんだと思う。嬉しいなあ」

「や、はっきりとは森さんも言ってなくて。でも次回はタイトル的に伊藤博文メインですよね？」

「初代総理大臣復活。熱いね」

「賢護さん出るなら俺、続投お願いします。共演したいです！」

気になる話だ。隣のテーブルで新人俳優に演技論を熱く語っていた孝介さんが、

「えっ何？　賢護さん？」

と割って入る。新人俳優は牢屋《ろうや》から解放されたような顔つきで席を立っていく。

僕はあやはさんたちに耳をそばだてる。

「次、出るかもしらしいです」

翔太さんが言うと、孝介さんは「マジっすか!?」とあやはさんに詰め寄った。

「いや分かんないけどね。プロデューサーに聞いて」

『政権☆伝説』初期の三本は」翔太さんはいつになく真剣な表情。「賢護さんの伊藤博文が支えてましたよ」

「でも役者代わることはあんじゃん。しかも賢護さんって……」

孝介さんは言葉を濁して、その先を言わない。

「でも賢護さん以外に、伊藤博文演じてほしくない！」

熱っぽい翔太さん。こんな姿は見たことない。

「それは、僕もだから」

あやはさんもたしなめる。興奮を自覚した翔太さんは、

「すみません」

と、眉を捻《ね》じ曲げつつも姿勢を正した。

打ち上げの楽しげな空間に突如出現したブラックホール。その一角だけが重たくなっていく。

あやはさんが、翔太さんの肩に手を乗せて、

「気持ちの上では、そりゃあ僕も伊藤博文は賢護くんにやってほしい」

冷静に考えるとすごい会話だ。店員さんが聞いたら何の集まりだと思うのだろう。総理大臣ファンクラブ？

あやはさんは続ける。

「賢護くんあっての『政権☆伝説』だったし、今こうやってシリーズ続いて、愛されてるのも彼の功績だよ。実力も人気も抜群だった。でもほら、あの件があって……」

宮永《みやなが》賢護。

『政権☆伝説』最初のシリーズを支えた俳優。突然の引退発表で表舞台から姿を消して以降は、消息も絶っていた。

「俳優引退して何年？　二年くらいか。正直、やってくれるのかなあ……」

三人が沈黙する。周囲の喧騒を寄せつけない、重力を感じるほどの静けさ。

「まあ、だからこそ」

急にあやはさんが明るい声を作る。

「僕もさ、賢護くんが復帰したがるような本を書くよ」

はっとするふたり。正確には僕も含めて三人。

「えっ何すか、あやはさん。かっけえ」

孝介さんは演出家・竹澤あやはに心底惚《ほ》れ込んでいる。一介の売れない役者だった自分を大舞台に牽引《けんいん》してくれた恩義を感じているのだろう。昔気質《むかしかたぎ》な男だ。「俺はあの人にどこまでもついていきてえ」と言っていた。

「じゃあ俺もまた呼んでもらえるよう頑張ります」

そう意気込む翔太さんに、「俺も！」と孝介さんが続く。

「孝介さん、今回で死んだじゃないですか」

孝介さん演じる山縣《やまがた》有朋は、原敬の宿敵。今作では、その決闘がクライマックスの見どころだった。敗れた山縣有朋の出番はこれで終わり。孝介さんの仕事もこれで終わり。

あやはさんにどこまでもついてはいけないという現実。次の仕事は知らない。今後の生活は大丈夫だろうか。余計な心配までしてしまう。知ったことではないけれど。

「うるせえ。蘇るんだよ！」

勢いだけの返し。あやはさんに対しても、

「山縣有朋、生き返りますよね!?」

「いやー、ちょっと予定はないかな……」

「えーっ！　何とかなりませんか！」

ごねるオッサン俳優。見苦しい。

「あやはさんの力でどうにか！　男・山縣は永遠ですから！」

「孝介、山縣有朋は死んで永遠になったたな」

「えぇーっ！」

孝介さんがオーバーリアクションでひっくり返る真似をした時、入口付近でわっと歓声が上がった。

「お疲れ様ですぅー。こんばんわあー」

みんなの注目の先には。

篠戸《しのと》るるが立っていた。

ノースリーブで薄ピンクのカーディガン。谷間を強調して開けた胸元。頭にはメンズの黒キャップ。

典型的なグラビアアイドルの「お忍びコーデ」だ。

辟易する。するが、しかし、

「あれーっ？　サプライズ！」

真っ先に僕が声をあげる。

「えへへー。来ちゃいましたあー」

「お前なんで？」明らかに狼狽《ろうばい》する翔太さん。「聞いてないよ」

「いいでしょ一応『関係者』なんだからあ〜」

やりづらい、そうぼやく翔太さん。

「いいじゃん！」「ようこそお疲れ！」「大歓迎ーっ！」

座組の空気はウェルカムモード。

紅一点のゆっこさんが、

「わ～、るるちゃんお久しぶり～」

「あ～ん、ゆっこさん超良かったですう～お芝居～」

「嬉しい～るるちゃん今日も可愛い～」

「ゆっこさんも超可愛い～」

「好き～」

「大好き～」

抱き合いながら女特有の馴れ合い。甲高い音が高速で飛び交っていく。普段は低い声で淡々と話すゆっこさんも、女子の前では急に「女の子」を作る。普段から連絡を取り合う仲でもないくせに、すぐさま「なかよし」を演じられるのは感心する。

それにしても篠戸るる。

僕はかなり呆《あき》れていた。

普通こんなところまで来るか？

どれだけアピールしたいんだ？

「誰ですか？」

瑛太郎がストレートに疑問を口にしたので、すかさず僕は耳打ちした。すると、

「へええマジっすか！」

まじまじと初対面の女を観察しはじめる。視線がショーパンに注がれている。無自覚だろう。長いアゴに追いつきそうなほど、鼻の下が伸びている。

「本番観た？　どうだった？」

「あっ泰平さーん。今日観させていただいてー、ほんとにすごくて感動しましたあー」

泰平さんも、いつもより声のトーンを意識している。目を細めて口元を緩めて、篠戸るるに微笑を向ける。何をカッコつけてるんだ《黒の衝撃》。そして飲み屋の座敷ではその巨大なハットを脱げ。

「翔太どうだった？」

孝介さんがおどけながらの前振り。こちらは先輩風を吹かせている感。

「あー……ちょっと演技固かったかなあ？」

わかったような上から目線をわざと作る篠戸るる。一同は爆笑。

あっという間だった。

男どもに熱病が蔓延《まんえん》していった。

全員がどこか浮足立ち、篠戸るるを意識した言動。千年に一度の美少女、というわけでない、アラサーに突入したグラドルに、何をそこまでとは思う。しかし篠戸るるは現にこうして、周囲に熱を振りまいていく。他の現場からも、同様のエピソードを俳優仲間から聞く。篠戸るるがいると現場がふわっとする。それがこの女の【異能力】だ。男性共演者からは好評、女性共演者からは酷評。じゃれ合っていたゆっこさんだって、腹のうちは分からない。

篠戸るるは全員を見渡して、

「これからも翔太のこと、よろしくお願いしまあーしゅ」

と笑顔で挨拶した。しまあーしゅとは。

翔太さんの「何ポジションだよ」という苦言は見事に流されて、倦怠《けんたい》ムードに入りかけていた飲み会は息を吹き返す。活気が戻ってくる。

「いえーい！」「飲もう飲もうーっー」

仕切り直しには絶好のタイミングとなった。彼女の計算だとしたら相当のものだ。

戦いは舞台の上だけではない。

楽屋でも。稽古でも。取材でも。

打ち上げだろうが。休憩時間だろうが。

いつでも他者を食って自分を売り込んでいく。

誰よりも個性を発揮して自分を主張していく。

目立たない限り。見つけてもらわない限り。

輝き続けなければ死んでしまう世界なのだ。

若手もベテランも男女も関係ない。

うまく生き残って塔をのぼるしかない。

太陽に近い塔のテッペンを目指すほかない。

「てか写真撮りましょうよ！」

瑛太郎の呼びかけで、メインキャストたちが壁ぎわに集合する。僕が撮るよーと言うあやはさんを、一緒に写ってくださいと皆が引きとめる。僕は通りかかった店員に撮影をお願いする。

「もっときゅっと、きゅーっとなって！」

楽しそうな瑛太郎。またかよ。集合写真なんて通算何枚撮っていることか。

画一的な営業スマイルの羅列。代わり映えのしない、けれども業務の一環としてフレームに収まり続ける俳優たち。

「るる、隣くんなよ」

「えー何でいいでしょ？」

翔太さんと篠戸るるの間に、僕はあえて割り込む。

「はいはい僕入ります失礼しまーす」

「ちょっとあっきー」

言いながらも、篠戸るるは僕の二の腕に胸を押し当てるほどくっついてポーズをとる。

習性なんだろう。男に媚びを売る習性。もちろん生き残るために備わった立派な武器。

「はーい、撮りまーす」

店員が、やかましい若者たちに言う。撮影の依頼は居酒屋の店員にとって日常だろう。そしてこうやって肩を密着させ、並んで撮られる僕らもまた日常だ。日常を俳優として生きている。

記録するためではなく。

発信するために撮られる写真。

僕たちの日常は断片的に切り取られ、ファンに届けられる。

その場の空気も、前後の文脈も、あらゆる情報が失われた「画像」だけが拡散する。

僕らという実像は、そうして虚像として消費されていく。

僕は決め顔を瞬時に作りながら。

その虚《むな》しさを、心に押し込めた。

スマホのカメラが鳴る。

作りもののシャッター音が、僕らのリアルを電子の世界へ乗せるために響いた。

05 大衆居酒屋

重低音の笑いの渦、その中心に私たちは通された。

道玄坂《どうげんざか》の雑居ビル、生中一九〇円の焼き鳥居酒屋。

日曜の夜なのに店内はスーツ姿のおじさんでひしめいている。何がそんなにおかしいのか、どうして喉が涸《か》れないのか、轟音《ごうおん》のような笑い声が爆発しては地面を震えさせる。油断すると私の声なんてかき消されてしまう。

「はいでは」

私はグラスを掲げ、

「『政権☆伝説』公演終了おめでとうございます！」

「おめでとうございます！」

たまちゃんとアリスが声を揃えてレスポンス。

「今回も、本当にすてきな舞台をありがとうございます」

私は掲げたグラスに左手を添える。

神さまに祈るみたく――。

祝詞のように厳かに――。

「お疲れ様でした」

「お疲れ様でしたー！」

乾杯。淡い色合いのサワーが重なる。

舞台をやっていたのは翔太君たち。「お疲れ様でした」って言葉は彼らのためにある。

だけど、応援している私たちも疲れる。

楽しいから疲れないなんてことはない。

舞台鑑賞は面白いけどすごい集中力を要するし、気を張りながらの連日の劇場通い。

深刻な睡眠不足。精神的にも体力的にも疲弊する。

応援するのだって長期戦。

観る側も全力投球なのだ。

「やー、終わりましたな」

甘ったるいアルコール炭酸で喉を潤し、私は一息ついた。チェーン店の味って安心する。

「燃え尽きたー」

自然と頬が和らぐ。心身が徐々に、お酒でほぐれていく。

「終わっちゃうとやっぱり寂しい。たまちゃんも岐阜に帰っちゃうし」

「あはは、またすぐやん」

「秋も楽しみ。伝ステ新章！」

「その前にバースデーイベあるし、ウチ明日からまた節約やわ」

「遠征お疲れ」私はねぎらう。「大変だよね？」

「全然。推しのための生活やから。そのために働いとるで。ふふん！」

たまちゃんが、無い胸を張る。必死に背伸びする子どものよう。

「すごいよね、たまは。遠いのに泊りがけで何ステージも観て、グッズも買って」

アリスがしみじみと褒める。

「だって好きやもん。ファンやもん」

たまちゃんは即答する。機嫌が悪そうな仏頂面だけど、いつも難しい表情を崩さないのが彼女の特徴。きっと頭のなかに納得いかないことを溜《た》め込んでいるせいだ。

「『茶の間』とかさ、信じられん。劇場来いよ、お金落とせよ。ウチは『行けないけどファンです』なんて絶対言いたくない。応援してますって口では誰でも言える。でも違う。そんなんファンやない。お金を落として初めて、ファンとしての貢献やから」

彼女の信念は揺るぎなかった。

地方から遠征している自分がこれだけ頑張れるのに、東京在住で頑張っていない人にはファンを名乗ってほしくない。眉間に皺《しわ》を寄せて、いつもそう愚痴っている。たまちやんには「理想のファン像」があって、そこから外れる人を許さない。たまちゃんの持論を聞くときのアリスは肩身が狭そうだった。「私もまだまだ愛が足りないなあ」とその場をしのぐ。ちょっと私たちが気まずい空気になる瞬間だ。

アリスは「応援の仕方は人それぞれ」がモットーで、他のファンにも寛容な印象。

家庭の事情もある。お母さんの体の調子があまりよくなかったり、認知症のおじいちゃんの面倒を家族で分担して看《み》ているらしい。だから趣味の舞台鑑賞を、家族に「遊びすぎ」と事あるごとに咎められる。お金のやりくりは大変で、「自分のできる範囲で応援する」と本人は言いつつも、本当は、「りさ子みたいに『全通』してみたいわ〜」と羨ましがってくる。「いいなあ、りさ子は」が口癖だ。彼女からの羨望を何度も浴びた。

でも。

私だって楽じゃない。

もうずっと火の車だ。

東京公演だけでも全日程のステージチケット代、ランダムグッズのコンプリートにかかる費用、差し入れのプレゼント資金。家賃をおさえ、食費をおさえ、生活を切り詰めても限界がある。元あるお金が増えるわけじゃない。貯金を切り崩し、あれこれ理由をつけては実家から仕送りをもらって急場をしのぐ。それもいつまで許されるものか……。

ぎりぎりだ。

みんなが愛のために、どこか無茶をしている。

お金は有限なのに、愛は無限に湧き出てくる。

だけど私は、愛を優先する。

そして最優先で愛情を育む。

もっとああすればよかった、こうしておけばよかったは通用しない。取り返しがつかない。舞台も人生も一瞬で過ぎていく。観逃した舞台が永遠に観られないのと同じで、私は過去に対して後悔をする生き方をしたくない。

できることはすべてやる。

お金を使って行動で示す。

そういう意味ではたまちゃんに似ている。

どこまでも、どこまでも、突っ走りたい。

「てかさー、今日見た？」

たまちゃんが話題を変えた。

「今日あの人おったよね？」

「誰？」

食いつくアリス。

「ゆぴぴ」

「あー……栃木の？」

「群馬じゃない？」

誰のことだろう。乗り遅れないうちに私も会話に混ざる。

「りさ子は知らん？　よく翔太君にツイッターでダル絡み、しとる奴おるやん」

「ほら、猫のアイコンの」

「ああ」

一致した。ゆぴぴって名前のツイッターアカウント。

いつも積極的にリプライを送っては翔太君にスルーされている。

「あの子さー」

たまちゃんはテーブルに肘をついて、

「前回の公演に来とらんくて、あっ今回おったなーと思ったら、開演前にロビーのプレゼントボックスをめっちゃ覗いとって。めっちゃ気持ち悪い」

眉間に皺を寄せる。人相の悪いハムスターのようだ。大げさな身振りで、

「こう、こんな感じで、すごい頭入れて覗いとった」

たまちゃんの独演会は続いた。面識のないファンに対する「口撃」が凄《すさ》まじい。

アリスも勢いにのまれて、

「ないわー」

と彼女に同意する。

「やら？　前からあいつ、プレボ覗きの常習犯でさ。私あれ見てからだよ、プレゼントの袋替えるようにしたもん」

「そうなの？」知らなかった。「だからいつもシンプルな袋なんだ？」

たまちゃんは翔太君への差し入れを、わざわざお店の紙袋から無地のものに入れ替えて持参する。

「何をあげたとか、外から見えないように百均で袋買ってる」

「それ逆にみっともなくない？」

アリスが言う。私もそう思う。みすぼらしいというか、高級感が醸せない。

「だって、ネットにあれこれ書かれたくないやん」

確かに一理ある。誰が何を貢いだとか、あれを渡したのは誰それだとか、余計な密告がネット上で後を絶たない。どこから情報が漏れているのかと不思議だったが、開演前にプレゼントボックスを覗き込んで直接チェックされていたのだ。なんて原始的な手法。さらに、覗き込んでチェックする人をチェックするたまちゃんのような存在もいる。とめどない。

でも。

気になるのは、わかる。

自分より素敵なものをあげるファンがいたら……ってどうしても意識する。その子が翔太君のお気に入りになったり、万が一、そのなかから「特別な人」が現れてしまったら……。

そこで私は考えるのをやめた。

際限がない。心休まる瞬間なんてない。確かなものなんて何ひとつない。

応援って、不安定な一方通行の細道。

薄暗い、進路を指し示す標識もない。

いつも。いろんなことに思い悩んで。

考えても仕方のない不安や焦燥が、心から消えることはないだろう。

「でもまあ、ゆぴぴ。あいつ同担拒否やし、ひとりで可哀想〜って感じ」

たまちゃんが、冷めきった砂肝の唐揚げに箸をのばす。

「すーぐマウント取りたがるしね。ぼっちのくせに」

アリスも大皿に残った料理をかき集めはじめた。

「でも確か」私は思い当たる。「ツイッターのプロフィールには……」

「「同担さん歓迎！」」

シンクロしたふたりが目を合わせて笑う。

今度はわざとらしく、ゆっくりと言葉の続きを重ね合わせ、

「ゆる～く応援中！」」

私たちの笑い声は、店内の喧騒を吹き飛ばした。向かいのサラリーマン集団が様子をうかがっている。アリスはまだげらげらひぃーっと笑いを引きずってお腹を揺らした。

「最近観劇マナー悪い人も増えたし、無理やわー」

説教モードのたまちゃん。

「ほんとに何だかなあって思う。変な新規多くて、人気が出すぎるのも考えもんやわ」

たまちゃん、アリス、そして私。

翔太君の「現場」には、いつもこの三人で出かける。他の子とは仲良くしない。ネットで絡む子はいるけれど、大勢でわいわいするのは得意じゃない。

それに。

同じ人を好きな人が集まりすぎても、妙な空気になるに決まっている。

ファンが増えるのは喜ぶべきこと。それは分かっている。だけど私の知らないところで翔太君への愛を語られているのをネットで見かけると、もやもやしてしまう。知らないことが許せなくなる。だからずっとネットを監視してしまう。隅々まで、翔太君の話題を探して回る。やめられない。

何となく、会話が途切れた。

私たちは餌をついばむ小鳥のように、残り物を処理していく。

ふと私は、別のことを考える。

「遠くに行っちゃうの、やだな」

私はいつまで翔太君を近くで眺められる？

今はいい。最前列のチケットも、ネット上での譲渡交換やチケット転売サイトで入手してきた。ハイタッチやトークイベント、事務所主催のファンミーティング……会おうと思えば会いに行ける。私は翔太君に会える。

「そうやねー。推しには売れてほしいけど複雑」

そう。

未来に保証なんてない。

さらに大ブレイクしたら？

活動が映像中心になったら？

接触イベントがなくなったら？

ファンを大切にしなくなったら？

売れて当たり前と思いはじめたら？

誠実な翔太君に限ってそんなことはないはず。それにファンが増えるのは翔太君にとって幸せなこと。

「翔太君」

だけど。

母集団が大きくなった分だけ、私たち一人ひとりの比重が軽くなる。

個人として私たちは薄くなる。「私」の抽象度が増してしまう。

「でもさ」

私は自分に言い聞かせるように、

「どんな風になっても、ずっと応援する」

と、ささやいた。

「そうやね。ウチら三人の約束」

たまちゃんが、拳を胸に当ててから前に突き出す。

翔太君の、原敬の決めポーズだ。

「うん！」

殴るようにアリスも拳を出す。

「約束……」

私もゆっくりと拳を合わせ、なんだか照れくさくなって、はにかんだ。

そうだ。

翔太君がいなかったら、たまちゃんとも、アリスとも出会うことはなかった。

ひとりで応援すると孤独に押しつぶされそうになる。

私はかつて、身を以《もっ》てそれを経験している。

だから私は友だちを作った。

一緒に舞台を観て、感動を共有できる楽しみ。

それもすべてご縁。翔太君が私にくれたもの。

翔太君は私にたくさんのものを与えてくれた。

「さあさあ。しんみりしない！」

アリスがパンパンと手を叩く。

「さあ飲むぞ飲むぞーっ。飲み放題なんだからモト取らなきゃ」

呼ばれたと勘違いした店のお姉さんが近寄ってくる。

私たちは慌てて、とりあえず同じものをもう一杯ずつお願いした。


ピロン。

通知が鳴る。どれだけ騒がしくても聞き逃さない、完全無欠の呼び鈴。

私たちは会話を中断してスマホの操作に徹する。

間が悪く、かなり前にアリスの注文したミックスピザとサイコロステーキが運ばれてきた。箸をつけるわけもなく、鉄板で肉汁がはじけるままに放置される。

瀬川翔太「戦い終わって酒を酌み交わす！」

画像付きのツイート。

翔太君が、打ち上げ会場の集合写真をアップしている。

「集合写真ありがとうございます！」

「わーーっ、打ち上げ！」

「めっちゃ可愛い」

「顔赤い！みんなちょっと酔ってる？笑」

「翔太とあっきーの並び〜」

「打ち上げ楽しんでください！」

すぐにリプライが押し寄せる。

さっきの「彼女いますか？」の一件もあるので私はコメントをしないでおく。集合写真の画像を長押しで保存した。

……あれ？

違和感を覚えたのは、保存し終えてからだった。

カメラロールを立ち上げて、写真を表示する。

翔太君の隣……の、あっきーの隣にいる女性。

今回のキャスト陣にはいないはずの。

ひとりの女性の姿がそこにはあった。

写真の画質は残念なことに鮮明じゃない。会場が間接照明なのか、陰影の濃度が高いため全体的にはっきりしなかった。帽子を目深にかぶっているこの女性は、かろうじて鼻から下に光が当たっている。目元は全然見えない。拡大してみるも、正確な識別が難しかった。

でも私には見覚えがあった。

口元の笑み、その独特の角度から記憶を辿る。

気になるのは、彼女のかぶっているキャップ。

男物ブランドの、ストリート系の黒帽子。

これって、確か……。

急速に、体内のアルコールが揮発していく。私は平常心を装いながら、一度スマホをテーブルに置いて、あえてグラスを持った。あんずサワーはほとんど空になっていて、氷の底に果肉の沈殿物が溜まっている。強引に傾けても、氷の隙間から貧乏くさく薄い液体がちろっと出てきただけだった。混み合っているのか追加のドリンクはまだ来ない。

私は観念して再度スマホを持つ。

ツイッターを開く。

鍵付きのサブアカウントに切り替えて【愚痴垢】の動向を観察する。

「打ち上げ会場また渋谷のあそこ？ 劇場から離れた場所でやらないと凸《とつ》されるんじゃないかしら。いつも場所同じでみんな料理に飽き飽きしてると思うわよ」

「お酒入ってる時にリアタイで写真アップする必要ある？ 明日でよくない？ 酔っぱらってSNSでやらかした俳優仲間いっぱい見てきてるんじゃないの？」

「ねえ篠戸るるいるけど……」

心臓を鷲摑《わしづか》みにされる。

やっぱり予想は大的中。

写真の人物は……。

「なんで篠バア一緒に写っていらっしゃるんでしょう？」

「前回ゲストヒロインやった程度で打ち上げ参加するとかどんだけ図々《ずうずう》しいの笑。いつまでもカンパニーの一員ぶらないで笑」

「整形篠バア安定のブスすぎて」

「最近メンヘラこじらせてなくて元気なんだね」

「あっきーと顔の距離近くない？自称女優の篠バアさん今度はショタ食いですかキモ」

頻繁にスワイプを繰り返し、最新のツイートを閲覧する。

特定がなされてからは、篠戸るるへの言及が増えていく。

「かぶってるキャップ、前に翔太がインスタあげてたやつ」

ついに、私と同じ疑惑を抱いた人が現れた。

そう。あの黒キャップは前に翔太君がかぶっていた。

「あれ？これ匂わせ？」

「翔太カノバレ初炎上フラグ」

「グラドルと付き合っちゃうんだ……」

「胸大きければ誰でもいいんだね。なんかショック」

「前に彼女いないアピしてたけど結局そういうこと？」

疑惑を火種に、一気に発言は加速する。

「だから篠バアが関わる舞台ろくなことないって散々言ってきたのに。公式の自業自得だわ」

「翔太が篠戸と付き合ってるとしたら残念だし、打ち上げに彼女連れてくるのはもっと残念」

「プロ意識は高いと思ってたのに」

「あ～～～伝ステ終了のお知らせ」

スマホから目を逸らす。

たまちゃんとアリスも、自分たちのスマホ画面を睨《にら》んでいる。私が見ても、その視線に気づかない。

まただ。

ネットと距離を置こうと誓っても、すぐに禁を破ってしまう。

頭では理解している。こんなツイート見ないほうがいい。

わかっているのに。

それでもなお……。
自ら悪意の深淵《しんえん》を覗いてしまう。
暗闇の奥底に引きずりこまれる。
ネットの声はどうしてこんなにも。
私を不安にさせるのだろう。
誰が言ったかも知らない言葉。
正しいかどうか不確かな言葉。
惑わされてはいけない。
だって翔太君は言った。

瀬川翔太「いません、今は仕事が生きがい！」

私が揺らいでどうする。
相手を信じよう。揺るがないために。
そうしてそのために。信じるために。
私は行動する。
相手を信じぬくために、行動する。

私は私の信念に基づいて行動する。

もし、信じることができなくなったなら。

私はまた、大切なものを、失ってしまう。


「知ってほしい」

唐突に蘇る、あの言葉。

「知ってほしい、だけなんだよな?」

耳に残って離れない、あの人の声で再生される。

「でも人の本当の気持ちは、一生知ることができない」

うるさいやめて。過去のことは忘れたの。

あの人なんて、私はもう……!

「今まで応援ありがとうございました」

眩暈《めまい》をおぼえてアプリを閉じた。

スマホもカバンに収納する。

現実から、ネットを切り離す。

「そう言えばさあ、今日のステージで翔太君……」

私は舞台の感想を、ふたりに熱く語りだす。
何事もなかったかのように、自然な顔つきを心がける。
作る必要もない作られた笑顔。
それもきっと仮面なんだろう。
何が本物で何が虚構なのか……。
私が信じたいのは、翔太君……。

瀬川翔太「いません、今は仕事が生きがい！」

翔太君の言葉を、生き様を信じて、私の胸のうちを信じよう。
翔太君は私の生きる希望。
抱きしめてくれる、太陽。

道に迷ったら。
空を見上げて太陽の方角を探るんだ。

06 オフィス

「新山《にいやま》さん。……新山さん！」

私を呼ぶ怒鳴り声。ぼんやりとした、滲《にじ》んだ視界。右目が痛い。

「おはようございます」

苛立《いらだ》たしげな朝の挨拶。上半身を起こすと、上司の村上《むらかみ》が立っていた。右目が痛い。

私は勤務中の居眠りを、ようやく自覚する。

「すみません……」

謝るしかないので謝った。社内にはキーボードを打つ音だけが、不規則に弾かれる楽器のように奏でられている。それにしても右目が痛い。腕の当たりどころが悪くて眼球を圧迫していたみたい。

「ああ。起こすとき、触ってませんから。セクハラになります」

不思議な言い回しは、この上司の特徴だ。寝起きのせいで露骨に顔をしかめてしまう。

「有給取った分は取り戻してください。大人ですから」

と残して、二歳年下の上司は自分のデスクへと戻っていった。光沢のあるグレーのストライプスーツの背中がいやらしい。翔太君と同い年のくせに大違い。

私は思いきり背伸びしたい欲求をおさえてパソコンに向き直った。嚙《か》み殺せなかったあくびが小さく漏れる。

ディスプレイには、真っ白なエクセルが表示されている。

手元にある紙束に目を移した。寝る前と変わらずに、びっしりと数字の羅列が並ぶ。

ここは私の働く会社。

休み明けの月曜午前。

国家資格の通信教育や参考書販売を中心に行うこの会社で、私はデータ入力を担当している。取り扱うのは難解な試験問題の解説や、一問一答の問題集など。私の今やるべき業務は、それらの添付資料として使用されるおびただしい数字の入力だ。来る日も来る日も、私は文字や数字をタイピングし続ける。自分で意味を理解していない文章がほとんど。数字なんて尚更《なおさら》だ。ひたすらにテンキーを打っていると思考はたちどころに停止して、ただ両指を動かすだけのマシーンになる。

余計なことを考えなくていい。

慣れればつまずくこともない。

難点を挙げれば、かなりの分量をこなすため、ちょっとの怠慢で大幅な遅れが生じる。

一日のノルマは厳しく決められているから、定時までに終わらないと自動的にサービス残業が課せられる。

能率がすべてのルーティンワーク。

まずは脳を覚醒させなきゃ。私はデスクに今日飾ったばかりのチケット半券を手にした。記載の日付は昨日、つまり『政権☆伝説』千秋楽。半券を見つめていると、昨夜までの思い出が鮮やかに蘇ってくる。一週間足らずの夢の日々……もう遠くに感じている自分がいる。

「新山さん！」

「っひゃい！」

意表を突かれた私は変な声が出る。

左隣の席から「くすっ」と笑いが漏れた。恥ずかしい。

振り返ると、村上が再び立っていた。

「先々週お願いした入力、計算ミスありましたから」

「あ……ごめんなさい」

先々週？　どれのこと？　休んでいたから記憶は朧気《おぼろげ》。ひとつの公演が終わってからと、はじまる前では世界線が異なる。私はもう「あの公演を観ていない世界」には生きていない。しかも入力の内容を把握しないままの作業。忘却の彼方だ。

短大を卒業して勤務すること五年。このオフィスは、いまだに私に馴染んでくれない。

職場を居場所と感じたことは一度もなかった。私の座るこの椅子は、本当に私のための席？

「集中力が散漫な証拠ですから。いまお願いしているのは、頭切り替えて取り組んでください」

「はい」

「社会人は、趣味で仕事が疎《おろそ》かにはなりません」

捨て台詞が私を射抜いたことも知らず、またも村上は自席に引き上げていく。

ため息が漏れ出た。

気が滅入《めい》るけど仕方ない。ひたすら忍耐。

対面から、上司の美紀《みき》さんが目だけ覗かせて、

「いいよ気にしなくて」

と微笑んだ。

「そうだよ」

右隣の今村愛子《いまむらあいこ》嬢が言う。

女子がよく持っている、ふたつの玉がついている銀の器具で、アゴをぐりぐりしている。あれ何て名前なんだろう。どこに売っているんだろう。とことん美容には疎い。愛子嬢は、今日も派手なフリル付きワンピース。事務仕事に適した服装とは言い難い。今

日も一日、きっと彼女に仕事は用意されていない。新卒一年目にして特権階級。なにせ出勤するだけでいい。本人も立場を自覚していて、勤務時間内はオフィスで過ごすけど必ず定刻出勤・定時退社を遵守する。決められた時間ただそこにいるだけ。

そんなことが許されるのは「嬢」だから。

弊社社長の、一人娘だからだ。

「あんな風にしか言えないから独り身なのよ」

今度は逆サイド、左隣から早希絵《さきえ》が悪態をつく。入社同期の彼女はパンツスーツで今日も白襟をとがらせている。ザ・キャリアウーマン。本日も、私の任されたことのない専門的な業務に追われてキーボードを高速連打。思えば随分と差がついてしまった。さっき私を笑ったのも彼女だった。

「ウケる。早希絵《さ》ちゃんストレート」

きゃはは一と、冴えない教師を嗤《わら》う女子高生のような愛子嬢。私の同期を平然とちゃん付けする。

「いえ、悪いのは私ですし」

私は三方向からのフォロー包囲網を打ち切ろうとする。

だけど美紀さんが、

「昨日までお芝居だったんでしょ。応援する側も疲れるよね。私、バンドの追っかけやってるから分かるよ」

と雑談をはじめる。

「そうなんですか？」

「そうだよ。V系、大好き」

初耳だ。身に着けているシルバーアクセサリーは、よく見ると十字架や蜘蛛《くも》のかたち。服装は真っ黒な花柄ブラウス。そういえば確かに黒い洋服ばかりのイメージ。毎日顔を合わせていても、気づかないこと知らないことだらけだ。ほんとに同僚に関心がない私。

「美紀さん、生きがいだもんねー」

と愛子嬢。

「新山さんもでしょ？」

美紀さんが首をのばす。正面から見つめられて、私はどう応えていいか窮した。

オフィスの机ってどうしてこうも近いの？

大人になっても自由はない。教室机の、独立式の方がまだマシだった。パーテーションで区切られただけの簡素なデスクに、ひとり一台与えられた特徴のないノートパソコン。その前に座って人生の大半を、自分ではない誰かのために私たちは費やしていく。

常に他人の目線に晒されながら。

誰でもできるデータ入力作業を。

誰よりも遅く死んだ目でこなす。

人生の限られた時間が日々、ゆるく殺されていく。

翔太君のように、代わりのきかない、誰にもできない演技で人を魅了したり、独創的な舞台を作り上げて感動を呼んだりすることと真逆の人生。それが私の人生。

でも私は知っている。

自分にはクリエイトの素質がない。

自己の感性で創造するサイドの人間じゃない。

私は、無から有を生み出せるタイプじゃない。

だから舞台を観ても、やってみたい、作ってみたいとは思えない。

好きと憧れは別だ。

私ができるのは応援。

私は、仕事をして、お金を稼ぎ、好きな世界に投資する。

好きな人にお金を使う。

自分の作れない物語と感動を。

これからも翔太君に創作してほしいから。

「いいねえ、熱中できるものがあって」

早希絵が私に顔を向けて眉をひそめる。

「すごい熱意。舞台なんて仕事終わってから観に行けばいいのに、決算前に有給一週間取るんだから気合いの入り方がちがう」

わざと感心したように、私に嫌味を浴びせかける。

「いや、そんな……」

「今回は何回観たの？」

「九回……全ステージ」

ええーっと大きく目と口を開く愛子嬢。

「なんで同じのを九回も観るの？　絶対飽きるじゃん」

「や、いつもちょっとずつ違うから……」

「だいたい一緒でしょ。同じだよ」

早希絵が鼻を鳴らす。嫁を苛《いじ》める小姑《こじゅうと》のように笑って、

「何回も観る神経がわからない」

首をかしげてキーボードに両手をセット。興味がないとばかりに、すっと業務に戻っていった。その横顔、メガネの奥の目つきは、私を責めるような鋭さで満ちている。

ハマる気持ちが分からない。前にも休み明けに、彼女にそう言われた。わざわざ仕事を休んでまで趣味に没頭することが理解できないらしい。早希絵は有給を取らない。出勤日数に換算されて給料が上乗せされるのだろう。休日出勤も厭《いと》わず、徹夜明けでもメ

イクはばっちり。上司からの信任も厚い。

私からすれば、会社がどれだけ忙しいかなんて関係ない。だって舞台は待ってくれない。翔太君は待ってくれない。

会社を休むのだって。

何回も観るのだって。

大切なものを優先しているだけ。

大事な時間を確保しているだけ。

だけど同期の早希絵をはじめ、この場にいる同僚たちには理解してもらえない。

社会人は仕事が第一。

だから趣味に生きるなんて論外。

私はいつも否定される。仕事だけがすべてじゃないという言葉は、仕事を完璧にこなせる人間の金言だ。

私にとって会社は、時間を換金するための場所。

好きなことを仕事にできる人はすごい。

私には叶《かな》えるべき夢がなかった。

私には追うべき目標もなかった。

だからこそ夢に向かって頑張る人が眩しい。

翔太君のような人にこそ夢は叶えてほしい。

私は「応援する側」でいたいんだ。

「ねえねえ」

愛子嬢が私の肩を触りながら、

「そのチケット、何て名前の劇ー？」

と、興味がないのが明白な声で訊《き》いてくる。

翔太君のことは、あまり会社で話したくない。

趣味は演劇鑑賞。

そう言うとなぜか変人扱いされる。

映画などに比べてポピュラーな趣味じゃないから？　高校の演劇部の人たちもオタクっぽい子が多かった。何となくマイナー。でも最近は若手俳優ブームでテレビでも特集されるから、逆に中途半端な知識が浸透しつつある。それが厄介。アニメみたいな衣装に、派手な色のウィッグ。イケメンのコスプレ学芸会のイメージで流布されちゃう。舞台の熱は伝わらないまま、ビジュアルだけが先行する。「着ぐるみ」だなんてあざ笑われて……。ユーチューブの動画数分でわかった気にならないでほしい。舞台は劇場で観ない限りその真価は実感できない。私はそれを体験している。お芝居に興味のない人に、自分の趣味を理解してもらう必要なんてない。生きがいは、自分のためだけにある。

私が観てきたお芝居の世界。その舞台のなかは、空想だろうか。物語は嘘かもしれなくて、いまが現実なのはもちろんだけど、客席と舞台、私の目の前には翔太君がいて、二次元のキャラクターを演じる三次元の生身が存在して、だから私はその「現実」を大切に生きる。

私の居場所は劇場客席。職場じゃない。

私の生きがいは翔太君。仕事じゃない。

「いま手が空いてるから、分けて」

美紀さんが手をのばしてくる。

「そんな、大丈夫です」

こんな単純作業で手間取っているなんて知られたくない。

「いいから。午前中で終わらせよ」

私のデスクに落ちそうなくらい乗り出して、美紀さんは私の紙束をピックアップする。

後ろ半分が取られ、仕事は半分に減った。

「ありがとうございます」

「いいのいいの」

美紀さんの頭がひゅっと消えたところで、スマホの振動音。

私の体に電流が走る。

「すみません。ちょっとお手洗いに」
慌てて席を立ち、部屋を出た。
トイレの個室に入り、便座の蓋に腰かけて、息を整える。
きた。ついにきた。
翔太君のバースデーイベント、そのチケット抽選日。
すぐに確認できるよう勤務中もバイブレーションをONにしていた。
千秋楽の翌日というのがまた確信犯的……。舞台の熱が冷めないうちに、って作戦？
チケット当落確認。この瞬間がいつも心臓に悪い。
伝ステの本公演に比べたら抽選倍率は低いけど、万が一のことがある。
メールを開いて、すばやく確認。
「厳正なる抽選の結果、チケットをご用意することができませんでした」
頭が真っ白になる。
書かれている文字をもう一度、メールの冒頭から読み直す。
「厳正なる抽選の結果、チケットをご用意することができませんでした」
何度読んでも、文面に変化はない。
落選？
何言ってるの？

翔太君の大切な日だよ？

脳が理解を拒絶する。厳正なる抽選の結果？　どんな理由で私が落とされなきゃいけないの？

理不尽さに憤りをおぼえる。

私と翔太君の間を引き裂く悪魔のいたずら？

私は翔太君に手まで握られたファンだよ？

落選なんて、断固として受け入れられない！

チケット販売会社に抗議も辞さないレベル！

……だけど。

私は一度、冷静になる。

誰もいない女子トイレの個室でひとり、深呼吸。

そうだ。チケット当落というものは、個人の意思や熱意ではどうにもならないもの。

外れたからには「持久戦」にシフトする。

伝ステのチケットを入手するときも同じだ。ＳＮＳやサイトを駆使して、チケット譲渡を探す。交渉成立までもっていくためには、定価以上での「転売」に屈することも視野に入れる。いわゆる「転売ヤー」に対する周囲の評価は辛辣《しんらつ》だけど、彼らが「瀬川翔太の出演作には定価以上の値打ちがある」と評価している点においては鼻が高い。

それに運に頼らず確実にチケットを手にするためなら、お金という解決策はある意味でフェア。チケット代が定価六千円でも、その席に座りたい人が多いなら当然に競争となり、値段が上がる。じゃあその席に座りたいっていう「想いの強さ」を、金銭に置き換えて清算したっていい。私はそう考える。

いまや伝ステは超人気公演。チケット先行抽選だけで最前列&良席が取れるほど甘くはない。だからあの手この手で引き寄せる。チケットを手中におさめる。モラルなんて関係ない。公式にお金が入らず、転売ヤーに利益をあげさせるのが癪《しゃく》だという意見はごもっともだけど、戦後に闇市で食糧を買わずに餓死した人間のように私はなりたくない。なりふり構わない。翔太君への飢えは自力で満たす！

会えなければ意味がない。

会えないなんて耐え難い。

どんな手段を使ってでも！

私は翔太君に会いに行く！

午後の仕事は散々だった。

チケットのことが気になって集中できず、村上から四度のやり直しを命じられ、焦ってもたついているうちに定時の五時を二時間も過ぎていた。オフィスに残っている人は多いけど、愛子嬢も美紀さんも「お先に失礼しま〜す」をして、女性社員は私と早希絵だけ。村上に「もう今日はいいですから」と投げやりに言われたので、笑顔で返したら最後にまた注意を受けた。帰りがけ、隣の早希絵に「お疲れ様です」と言っても彼女は聞こえないふりでパソコンを睨んでいた。

オフィスを出て駅に走る。こういう時にスニーカーだと便利。ヒールなんて機動力に欠ける。代々木上原駅から、見飽きた緑の地下鉄に乗り、うまいこと始発の隅っこの席を死守。原宿を通り過ぎるあたりからは人でいっぱい。車内が蒸し暑くなってくる。

とにかく、自宅で落ち着いて「作戦」を練ろう。

私はもう一度、当落メールを開いた。当落も何もやっぱり落選のままだった。

またチケット会社に対する怒りがふつふつと湧き上がる。いけない。気分転換しよう。

私はスマホで「今日の翔太君情報」を収集しはじめる。時間帯的にブログは更新されていない。ツイッターの呟きも朝のおはようございますツイートのみ。今日は事務所に行って打ち合わせと言っていた。何だろう。新しいお仕事かな。わくわくする。早く告知されるといいな。目ぼしいものがないからツイッターの検索欄に「瀬川翔太」と入力してみる。一日五回は「瀬川翔太」で検索している私。どんな些細《ささい》なことでも逃したくない。

検索結果は一向に表示されない。Ｗｉ－Ｆｉの接続が甘いせいだ。地下鉄が私の貴重な時間を無駄に奪っていく。月初めから一週間で速度制限を食らったスマホは、私をさらに苛立たせる。

今日はよくない日だ。

先週の幸せな日々の反動。夢から覚めて、日常生活にうまく戻れないでいる。ずっと「推し事」だけして生きられたらいいのに。推し事でお賃金が貰《もら》えたらいいのに。常々そう思う。

スマホを鞄《かばん》に入れて、私は目を瞑《つぶ》る。乗り換えまであと二十分。地上に出るまでは別作業にあてよう。脳内で翔太君へのお手紙の構想を温める。いつも同じような内容になってもつまらない。翔太君が楽しんでくれるエピソードや近況報告は……思い浮かばない。そもそも翔太君の舞台しか楽しみがない。どうしても今は『政権☆伝説』の話題ばかり。

考えれば考えるほど、私には翔太君しかいない。

こんなに大きな存在だってことを、翔太君は分かってくれているだろうか。ちゃんと伝えたい。言葉にすることはとても大切。お手紙を書く前からマンネリだなんて思っちゃダメ、ちゃんとじっくり文章を考えなきゃ……。

などと頭を悩ませているうちに睡魔に襲われ、うたた寝しているところに「北千住、北千住」というアナウンスで飛び起きた。ベルが鳴っている。私は乗車してくる人の波を掻《か》きわけて乱暴に降りた。東武スカイツリーラインとローカル線を乗り継いでようやく地元の駅。一目散に歩いていく。あたりはすっかり暗い。アパートについてポストを覗くと、チラシの上に封筒が見えた。

何だろう？　まさかバースデーイベントのチケット!?

なんて馬鹿なことを考える。発券すらまだなのに。ポストを開けるとそれはクレジットカードの請求書。プラスじゃなくてマイナスの郵送物。私はまたもや気持ちが萎える。

玄関の鍵を回しているところで気づいた。スーパーに寄り忘れた。冷蔵庫の余った食材で夕食と明日の弁当を兼ねられるかな。お弁当には、ごはんと野菜炒《いた》めを詰めておけばいい。

今はそんなことよりも。

とにかくチケット。

チケットチケット。

今はそれしか考えられない。

靴を脱ぎ捨てて部屋の明かりをともす。すぐに散らかった部屋が姿を見せる。そろそろ片付けないと。そう思いながら、私は足で洗濯物の山をどかしてスペースを作った。床に直接、腰をおろす。

手にもったままのクレカの請求書。結構な額まで使っちゃった……。具体的な金額を見ると眩暈がするので今はいいや。ちゃぶ台の片隅に積んである郵便物の束に載せると、バランスを崩して床にばさばさと散らばった。おかげで請求書の封筒が隠れたので良しとする。

ふう。息を吐くと、あちこちの関節が緩んでいった。

今日も一日頑張った。

仕事が遅くても、上司に怒られても、同僚から見下されても。

ダメダメでも頑張っているのだ。

誰にも評価されなくたって、私は日々を耐え忍ぶ。

私には大好きな人がいる。

応援している俳優がいる。

翔太君のために、ちゃんと生きている。

さて。まずはとにかくチケットだ。

手に入らない限り、私に安息は訪れない。

私は呼吸を整えて決意を新たにした。

とはいえどうしよう。伝ステの公演が終わったばかりで、圧倒的な金欠状態。

ネットで「お譲り」してもらうにも、チケット転売サイトで落とすにも、あまりに値が吊り上がると、当日翔太君にお渡しする誕生日プレゼントの予算にも影響を及ぼす。

できることなら定価＋発行手数料と送料で済ませたいところ。

だけど参加できなければ元も子もない。イベント不参加という最悪のシナリオを進む前に、当日のチケットだけは金に糸目をつけずに獲得しなきゃ。

ああもう本当に。

仕事している場合じゃない。

考えるべきことが多すぎる。

誰かを応援するというのは、楽しい時間だけじゃない。

悩むこと、頭を抱えること、乗り越えなきゃいけないことばかり。

でも。これだけ真剣に翔太君のことを考えているんだね。

私は何だか誇らしくなる。自信が湧いてくる。

待ってて翔太君。

絶対にバースデーイベントのチケットをゲットするからね。

そう思ってスマホをタッチすると、ＬＩＮＥの通知が表示された。

三件の赤色の通知バッジ。

たま
「ウチ2枚当たった！りさ子は当落大丈夫だった？」

「保険で確保してるよ。要らなかったら譲渡出すから言ってねー」

最後には、猫が踊って喜んでいるスタンプ。

私は壁の薄い部屋で雄叫《おたけ》びをあげたいのをこらえて。

「同志」の存在に心強く感謝した。

07 テレビ局

エントランスで許可証をもらい、建物の奥へと進む。

一階から二十七階までを上下するエレベーターが八台。なかなか来ない。待っていると、賑《にぎ》やかな集団が隣に並んだ。有名なお笑い芸人がひとり、その人を中心に集団の取り巻きが敬語で話す。ブレイク前の若手芸人たちだろうか。ちらちら横目で見るのもはばかられたので、そしらぬ顔で前を向いた。

エレベーターに乗り込むと、後輩芸人のひとりが必死にボケはじめた。先輩は突っ込むのも億劫と言った様子で受け流している。途中でスーツの男が乗ってくると「おはようございます！」と挨拶したきり、急に静かになった。若い女を連れている、アゴ髭《ひげ》にメガネの男。プロデューサーっぽい風格。女のほうは、どこかで見た顔だが思い出せない。

その男と目が合い、咄嗟《とっさ》に顔を逸らした。

うわ。結構がっつり見てしまっていた……。

テレビ局のなかは、いつ来ても浮足立ってしまう。

いけないいけない。一般人じゃあるまいし、恥ずかしい。

所定の階で降りる。「この建物に通い慣れてます」感を装って。

背後でエレベーターのドアが閉まる直前、どっと笑い声が発生した。

気持ちを整えて、指定の部屋に向かう。

前髪が崩れていないか指先で確かめる。

ここだ。本館・大会議室D。

入口には、紙が貼られたボードが立つ。

【舞台『政権☆伝説』制作発表会場】

「おはようございまーす」

言いながら入室すると、「おはようございまーす」と若い女性スタッフが近寄ってきた。

「お疲れ様です。キャストの方ですよね」

「はい。桂太郎役の秋山悠です」

「お名前の書いてあるお席でお待ちください」

体育館の半分ほどの広さがあるその部屋には、長机とパイプ椅子が整然と配置され、テレビカメラのセッティングが中央で行われていた。床には大量のコード。まだ人はまばらだった。

僕は奥で立ち話をする森プロデューサーと竹澤あやはさんを見つけて軽く挨拶し、自分の名前を探して部屋を半周する。

僕の席の隣にはすでに人がいた。小難しい顔で、机上に置かれた製本台本をめくっている。

名前の用紙には、

「宮永賢護」

とあった。

この人があの……。生で会うのは初めてだ。DVDの舞台映像で見た時より、いくらか老け込んでいるように感じた。ぼさついた天然パーマ、着古したGジャン、ごつごつとした男くさい手、それら一つひとつが混然となって独特の雰囲気を醸し出している。作為のない男らしさ。若手俳優には出せない重厚な空気。

僕はパイプ椅子を引きつつ、

「おはようございます。秋山悠です、よろしくお願いします」

と帽子を取る。顔を向けた宮永賢護は表情を変えることなく、小さく会釈をして再び台本に向き直る。愛想のない人だなーと思った途端、

「あっ。おはようございます。宮永賢護です。失礼しました」

と、急に立ち上がった。目をきらきら輝かせて、じっと見つめられる。無精ひげと垂

れ目のアンバランスさに、僕は驚いて返答し損ねた。そこに他の役者たちがぞろぞろと入室してきて、何となくふたり同時に席に座って、沈黙のまま待機に入った。今度は同じ台詞をぼそぼそと繰り返し口にしている。癖の強い人。事前に把握できて良かった。悪い人ではなさそうだが、コミュニケーションに苦労するかもしれない。

それに「あの騒動」の張本人だ。

とても「そんな風」には見えないけれど、彼の引退騒ぎを知らない舞台俳優はいない。いきなり距離を縮めて僕に何かしらの不利益があっては困る。今はとにかく静観に徹しよう。

定刻から十分ほど押して、顔合わせがはじまった。

新シリーズの幕開けは取材も多い。稽古開始前にキャスト・スタッフ陣が集まって自己紹介や進行説明、台本の読み合わせを行う「顔合わせ」は、前回までは稽古場で行われていたが、今回は大手テレビ局内での開催になった。『政権☆伝説』シリーズの好調さが如実に現れている。制作会見ともなればテレビでの報道もされる。追い風だ。メディアの後押しがあると出演俳優への注目度も上がる。世間的には、まだまだ舞台俳優は影の存在。いまだ映画やドラマといったメインストリームではない。演劇はアンダーグラウンドで下積みというイメージを払拭するには至っていない。

だからこそ。

突破口は『政権☆伝説』にある。作品を利用して、僕はさらにのし上がる。

製作陣から記者へ向けた企画概要が話され、キャストの自己紹介がはじまる。

「原敬役の瀬川翔太です。これまでの『政権☆伝説』で成長できた自分をすべてぶつけて、最高の舞台にできるよう頑張ります！」

翔太さんが先陣を切る。僕をはじめジャケット姿が多いなか、ラフなパーカーを着ている。気取らないスタンスということか。どこか、この人と宮永賢護は似ているなと感じた。

続いてヒロインのゆっこさん、泰平さんと、お馴染みの面子《メンツ》が挨拶する。瑛太郎が「今日のために考えてきた一発ギャグやります」と披露して取材班の失笑を買った。

そして僕に順番がまわってきた。

「はい！　引き続き、桂太郎を演じさせていただきます、秋山悠と申します。これまで以上に、作品のため、愛をもって尽力します。先輩方の胸を借りて、足を引っ張らずにしがみつきますので、よろしくお願いします！」

初々しさを全面にアピール。今作で四度目の出演だけど、変わらず自己主張のない優等生でいると決めていた。

次は孝介さんの番。

「えー、座ったまま失礼します」

なぜ？　立てばいいじゃないか。

「山縣有朋役の三村孝介です」

今日も黒の運動ジャージ。稽古着で記者会見に臨む役者は初めて見た。

「前回公演で、こいつに倒されたんすけど」

ふてぶてしく翔太さんを指さす。

プレスが入っているところでも、変わらぬ態度に恐れ入る。

「でも今回の新シリーズで、ゾンビとして復活することになりました」

瑛太郎が吹き出し、伝播《でんぱ》するように笑いが漏れる。後方の舞台スタッフや関係者までもが、声をひそめて、くすくすやりはじめる。

「笑わない。ちょっと、笑わない」

「内閣ゾンビ大臣」瑛太郎が国会中継の委員長の声マネで、「山縣有朋くぅん！」

「うるせえ」

孝介さんが瑛太郎に一喝。さらに笑いが起きる。まんま稽古場のノリだ。大丈夫か？

瑛太郎の茶々によって、会場が静かになるまで少し時間がかかった。孝介さんは仕切り直しの咳払《せきばら》いをして、

「ほんとに俺この舞台大好きなんで、また出られるのがすげえ嬉しいです。あやはさん、

今回も台本むっちゃオモロいっす！　山縣有朋・オブ・ゾンビ頑張ります！」

一礼すると拍手が起こった。

前回で出演終了のはずが、功労者としての残留か、はたまた、あやはさんの温情で無理やり脚本に役を残したのか、役者・三村孝介は『政権☆伝説』続投と相成った。だけど、あやはさんから「ゾンビじゃなくてアンデッドね」と不機嫌そうに指摘され、孝介さんは目を泳がせながら着席した。演出家の謎のこだわりには要注意、僕も気をつけよう。

「じゃあ最後に、宮永さんお願いします」

「はい」

宮永賢護が、ゆったりと立ち上がる。

「伊藤博文の役をやらせていただきます宮永賢護です。どの面下げて戻ってきたんだってわけですが、今回お話をいただいて、俳優引退して二年間のこと、以前演じた博文のこと、『政権☆伝説』のこと、いろいろ考えて……出演することに決めました」

そこで区切り、

「『政権☆伝説』舐《な》めるなよ」

ぽつりと、独り言のように言った。

場に緊張が走る。宮永賢護は瑛太郎を睨み、

「お前だよ」

と、真っすぐに刺す。

一瞬にして会場が凍りつく。瑛太郎の顔は時間が止まっているかのよう。後方に控えるマネージャーたちの顔も、一様に陰っている。

宮永賢護は気に留める様子もなく、カメラの並ぶ正面をしっかり見据えて、

「やるからには本気で、魂削って挑みます。燃やしきれなくて、くすぶっていた分も含めてもう一度、板の上に命かけてみます」

深い深い一礼。一転して力強い拍手が起こった。

孝介さんの時よりも、遥かに力強い拍手だった。

あやはさんが口をはさむ。

「史実の伊藤博文って、最初に総理大臣やって日本の政治の基礎を固めてから、総理は辞めて引っ込んだけど、しばらくしてもう一回、政界のトップに復帰してるんだよね。なまった僕らのケツ引《ひ》っ叩《ぱた》いてくれる初代リーダー、期待しています」

すかさず僕が「お願いします」と言うと、まわりが口々に同様の言葉を繰り返した。

宮永賢護は「勘弁してください」とかすかに苦笑い。「心機一転、また頑張って良い舞台作りましょう」というあやはさんの言葉で自己紹介は締められた。プレス陣のなかから「ほう」という感嘆が漏れる。現場のモチベーションの高さに触れて高揚したのが見

てとれた。

休憩をはさみ、台本を全員で読んでから二時間が経過していた。一応の解散となる。それからいくつかの雑誌やネット記事の取材に応じると二時間が経過していた。合間の待ち時間に、翔太さんが宮永賢護に駆け寄って「よろしくお願いします！」と新人のように頭を下げたのが印象に残った。あやはさんが「待ってたよ賢護くん」と握手を交わしていたのも気に入らない。くん付け。絶大な信頼を見せつけられた。現場の空気が明らかに前回と様変わりする。

やられた。

宮永賢護の一人勝ち。

みんなが「この男は何かやってくれるんじゃないか」という期待で彼を見はじめていた。まずい。これでは出戻りおじさん俳優の独壇場だ。この人が売れていたのは過去の話。ひとたび人気が落ちれば急降下するだけのこの世界で、おそらく再び蘇る素質を持っている。「人気俳優の復活劇」というストーリーが形成されたら突き崩すのは至難の業。

僕の演じる桂太郎は、出番こそ多いものの、メイン回は今のところなかった。今作でもキャラクターを深く掘り下げるシーンがない。一定の人気をキープできてはいるが、原作キャラの人気の恩恵にも限界はくる。そろそろ潮時か？　次のビッグタイトルを見つけて飛躍しないと、いつまでも翔太さんや宮永賢護に引き立て役として従属してしまう。

雑念をひっくり返したような心境で、テレビ局を出た。

併設されたカフェテラスでお酒を飲みはじめている人もいるが日はまだ落ちていない。時計を見ると十六時過ぎ。十九時に美容院を予約してあるから少し時間が余る。スタバで台本を読もうと考えたが、どうにも気が乗らない。どうせ稽古開始までまだ一か月以上ある。

気持ちのリフレッシュが必要だ。

「あっ！　あっきーだ。お疲れ様でしゅー」

手をひらひらさせて篠戸るるが近づいてきた。

突然のことで咄嗟に言葉が出ない。

「顔合わせどうだったあー？　あ〜ん本番観るの楽しみいー。てか舞台るるもまた出たいなあ。あやはセンセーに言えば出してくれるかなあ？　それともしょーくんから口添えしてもらう？　あっでもやっぱり森プロデューサーに直談判《じかだんぱん》がいっか！　あっきーからも伝えといてよ！」

いきなり早口でまくし立ててくる。

「ちょ、ちょっと待って」

「ん？」

「るるさん、なんでいるの？」

「決まってんじゃん。しょーくん待ち！」

屈託のない笑顔。

僕は唖然《あぜん》とした。この女には危機感がないのか。テレビ局のエントランスなんてパパラッチ出没度・最高危険区域。こんなあまりにリスキーなお出迎え、マスコミにどうぞおもちゃにしてくださいと宣言しているようなものだ。

「しょーくんまだ？　他のみんなはもう出てきたのにぃ」

待ちくたびれたー、と頰を膨らませる。

何時からいたんだ？　顔なじみの役者メンバーに声をかけているのだろうか。隠す気は毛頭ないらしい。これは稽古場の話のタネになること間違いない。また翔太さんはいじられる。

色々と問題あるタイプの女をパートナーに選ぶと苦労する。

爆弾を抱えているようなもの。

何なら。

この女を利用して、翔太さんを失脚させることだって……。

僕のなかに黒い渦が生まれた。
ここに火種はある。
ちょっとした工作活動で着火する火種が。
ひとたび燃えたら、あとは焼け野原になるのを眺めていたらいい。
僕たち人気商売は一度限りの着火剤。
一度売れても、落ち込めば次がない。
売れずに燃えた消し炭なんて尚更だ。
いまの注目度ならマスコミも食いつく。翔太さんと篠戸るるが火だるまになる様を、
僕は見てみたくなった。
そうすれば主役の座が空く。
座組内でのキャスティング変更も、あるいは……。
この馬鹿な女とともに朽ち果てる人気俳優・瀬川翔太。
悪くないシナリオだ。
「ねえ、しょーくんいつ出てきそう一?」
だけど僕は、
「もう終わると思いますよ」
そのヘドロみたいな感情を吐き出すことなく、篠戸るるに愛想を振りまいた。

「ほんとー？　やったあ」

「ここで立ってると目立つから、あっちのカフェで待ってたらどうです？」

「そうする～！」

策略を巡らす必要もない。

遅かれ早かれ、いずれは交際を暴かれて炎上する。

自分の手を汚さず相手が自滅するのを待てばいい。

それに。

いまのタイミングで『政権☆伝説』が逆風に晒される事態は避けるべき。

巻き添えを食らってたまるか。
2.5次元ブームも、いつまでも続くとは限らない。
恩恵はたくさん受けてきた。

衰退した演劇という芸術を、現代のニーズに即したかたちで発展させたのが2.5次元舞台。このブームがなかったらデビューしていない俳優が巷にどれだけいるか。いまの時代に生まれてよかった。

だけど永久繁栄はあり得ない。

いつかは必ず、終わりがくる。

沈みゆく船に乗っているつもりはない。

その終焉《しゅうえん》の景色を、優雅に山の頂から眺めてやる。

「あ〜ほんとに次の伝ステ楽しみ。しょーくん、かっこいいんだろうなあ」

篠戸るるはそう言って、横のカフェへと入っていった。別れの挨拶もなしに。

それにしても。

僕は篠戸るるの豊満な胸を思い出しながら思う。

外見も立派な商品価値。

女も男も変わらない。そんな業界には当然、市場価値の高い身体を持ち合わせた人間が集まる。

真面目ぶっていても翔太さん、結局は男だ。篠戸るるの誘惑にのってズルズルと付き合うことになったのだろう。

もっと。

もっと、うまくやればいいのに。

……やれやれ。

何となく、このままただ時間を潰す気にはなれなかった。

記者会見で感情が高ぶっているのもあるし、篠戸るるの影響もないわけじゃない。

僕はスマホでＬＩＮＥを開いた。

いつものように「処理班」に文字を打つ。

「やらせろ」

秒速で既読がつき、

「いいよー」

次いで動くスタンプが送られてくる。病んでいそうな、女キャラクターの笑顔。顔のまわりで花がくるくると咲いている。その軽薄さに思わず笑みがこぼれた。

俳優という職業は自分自身が資本。

こころもからだもすべて自己管理。

メンテナンスして。

コントロールして。

アップデートして。

やがては、必ずや。

ヒットさせていく。

riiiiin @ri_N_C_n 15分 ♡ 7

カフェは西荻窪駅にある『カフェ・シフォン』って名前のとこ

カヲ @cao_tm2 15分 ♡ 8

三か月前に篠戸が引っ越しツイート。同時期に翔太が急に二人掛けのソファを買ってる。

ひな @my38fy 18分 ♡

ねえ篠バアがインスタにあげてるパスタ、翔太行きつけのカフェ。近所って言ってたから同棲確定?

u_si @mow0mo 22分 ♡ 5

最悪。私が翔太に差し入れしたキャンディ篠バア食べてる。捨てるならまだしも自分の彼女に流すって何それ

eee @stra_0123 28分 ♡

翔太が隠してても女が中途半端に情報を出して煽るからファンがイラつくんだよ

えみ @_emi0325 32分 ♡ 1

篠戸、急にSY32着始めたのも翔太の影響でしょ?
服の系統違いすぎじゃない?

こばと@裏 @123_tor 32分 ♡ 3

前も歌い手の『鎖骨』との匂わせひどかったけどホント分かりやすい。男の足を引っ張る典型的なメンヘラかまってちゃん

a @yukkooo0 38分 ♡ 2

帽子といいパーカーといい匂わせ大好きな篠戸るるさん

sho @sho_skdn 41分 ♡

今日顔合わせで翔太が着てたパーカーと、先月篠バアがブログで着てたやつが一致。メンズコーデとか書いてたけど、単に男のを借りてるだけかよ

ホーム

RISAKO. @risa_0810 6分 4 7
こんなカーテンなんて、どこでも売ってるデザインだし、
それだけで断言するのは危険

IZUMI* @izuzunnn 4分 1
論破されちゃっててウケる

かの @olujoxo 3分 3
本当は自分でも認めちゃってるんでしょ?

まちやん @mayachoo 1分 4
現実を受け止めきれない人は哀れよね〜
見てて痛々しいわ

UMAYU @ri0325na 1分 1
これだから沼に住んでるガチ勢は……

RISAKO. @risa_0810 10分 1 4
まだ彼女と決まったわけじゃなくない?向こうが一方的に
真似して匂わせぶってるだけで、翔太君からの情報は今の
ところないし、彼女いないって言ってるし、今は仕事が充実
しててそんな暇ないと思う。ネットの噂に惑わされちゃダメ

ゆあ @yYFGLC 8分
こういう擁護ツイートする盲目なファンがカノバレしたとき
一番キレるくせにね

カヲ @cao_tm2 7分
彼女疑惑否定してる人は、この写真を見ても同じことが言
えるのかしら〜? goo.gl/aix98sdjwuja008...

あみ@愚痴垢 @amimin_1 14分
駅前歩いてたら普通に遭遇しそう

08 カラオケルーム

あの感動が、蘇っている。


『お願い西園寺！　二人を止めて！』

『公望《きんもち》！　頼むよ、お前なら……！』

西園寺公望に駆け寄ったヒロインの秘書と、桂太郎。

ふたりとも息があがっている。必死に何十キロも走ってきた……という演技。

『風が、泣いている』

棒読みの台詞が味わい深い。真似したくなる。

桜色の平安装束を纏《まと》った長髪の大男・西園寺公望は、そう言って静かに舞いはじめた。

突然のダンスシーン。明かりがしぼられ、笛の音が聞こえてくる。扇子を操り、優雅に舞う。

モデルでダンス経験もある泰平さんの強引な見せ場。改めて観返すとなかなかにシュールだ。

舞い終えた西園寺公望が告げる。

『この一戦、よく見ておけ』

台詞に合わせて、山縣有朋と翔太君、じゃなかった原敬がステージ両脇にそれぞれ現れる。

『日本の行く末、この一戦にあり』

両者が睨み合うように、泰然と構えをとる。

音楽が瞬刻とまって盛り上がる。

『つるがあああっ！』

『やあああっ！』

ふたりは太刀を振り、迫《せ》り合い、衝突する。

本気の殺し合い。刃音と雄叫びが入り乱れる。

私たちはカラオケルームの一室で、男の死闘を見守っていた。

たまちゃんとアリスと『政権☆伝説』のＤＶＤ鑑賞会。

もちろん観ているのはリリースされたばかりの前公演。

三か月前に目撃した、壮絶な闘いの記録――。

私の心はスクリーンのなかにあった。

迫力満点の大画面。充実の音響システム。快適なソファ。

もはやカラオケのための部屋ではない。

私たちは貸切個室で誰にも邪魔されず、再び激闘を目の当たりにできるのだ。

物語はクライマックス。

宿命の対決のさなかだ。

野犬を彷彿《ほうふつ》とさせる赤髪の陸軍軍装・山縣有朋の凶刃が襲いかかる。

背後から首を狙われるも、後ろに刀をまわして受けきる翔太君、じゃなかった原敬。

カメラが原敬の苦悶《くもん》の表情をアップで映す。

「あっ待って首筋、首筋っ首筋っ！」

思わず声が漏れる。のけぞる体勢をとった翔太君を、流線型の首筋から鎖骨にかけて堪能する。

彼は力強く山縣の刀を振り払い、舞台の端まで走って構え直す。ゆっくりだがダイナミックなモーションで魅せる。

「翔太君、刀の構え方きれいー」

たまちゃんのため息。同感だ。自分の体が客席からどう見えているかを完全に熟知している。計算された立ち振る舞い。鏡を見て、何時間も研究したに違いない。

「殺陣のお稽古行ってるって前にツイートしてたもんねー」

とアリス。翔太君は舞台のために費やす努力を惜しまない。殺陣やダンスの個人レッスンはもちろん、ボイトレやジムトレーニングまで、寸暇を惜しんで、素晴らしい作品を作り上げるための研鑽《けんさん》を積んでいる。

だからかっこいい。だから好き。

ひたむきな彼の魂が、ルックスに表れている。

「静かに！　くるよ……くるよ……！」

構え直した両雄が咆哮《ほうこう》をあげ、相手に向かっていく。

それぞれの信じる正義。大切な人を守るための愛。

こんなの舞台でしか味わえない。

こんなにも純粋な、想いと想いのぶつかり合い。

いったい現実世界のどこで観られるというのか。

私は舞台をただのファンタジーなんて思わない。

だって。それを演じる人はちゃんと生きている。

生きて呼吸して、心をもって、言葉をつむぐ。

私たちの日々の生活から失われた「人間らしさ」がここには在る。

剣撃が続き、山縣有朋の一太刀が原敬を襲う。

仕留めた。がしかし、最後に躊躇《ため》らいが出てしまい、わざと斬らずに刀を振りぬく。

いまは闘う運命にあるものの、かつてふたりは友人同士。それ故に、生じた迷い。

原敬は違った。退《ひ》かないと覚悟を決めた、友へのひと振り。山縣有朋を仕留める。決着の刻《とき》。

膝をつく山縣有朋。

「あー、死んじゃう、待って待って、山縣有朋、死なんといて」

山縣有朋が倒れる。

「ああ～」

「ああーーーっ！」

ふたりの嘆き。アリスのはもはや雄叫びだ。

ヒロインが駆け寄るのを、西園寺公望が制止する。

『有朋くんっ！』

桂太郎は原敬に怒りをあらわにし、

『どうして！　どうして殺したんですか原さん！　そんな必要はなかったんだ！　山縣さんだって、ほんとは、ほんとは原さんのこと……！』

西洋甲冑《かっちゅう》と青い半ズボンというアンバランスな衣装が、シリアスなシーンにおいて浮いている。それでも役者の熱量で成立させてしまうのが舞台のすごいところ。くりっとした天然パーマっぽい栗色の髪。可愛い系のショタキャラである桂太郎は、秋山悠のあざとい演技とも相まって、人気を博している。私も、悪くないと思う。ちょっとタイプ。

でもそれでも、

『分かってる！』

翔太君の慟哭《どうこく》。そう、私の視線を熱くするのはひとりだけ。

「ここの語尾の上ずり方、再現度高い！」

私は唸《うな》った。原作ゲームの担当声優さんに声を寄せている。

『……原、さん？』

桂太郎が、原敬の静かに泣いている様を見やる。

ああそうだ。私は思い出す。

この時の、劇場を包む空気を。

客席が一体となった臨場感を。

たまちゃんが、

「待ってここ、ここやばい、涙腺やばい」

「絶対ほんとに泣いてるよね翔太君」

私も応える。本番は客席での発声ができないから、こうやってDVDで観返しながら思ったことを言い合えるのが面白い。伝ステは円盤化がとても早い。観劇の記憶が鮮明に残っているうちに盛り上がれる。家で黙って観るのもいいけど、大画面でおしゃべりしながらもまた、楽しみ方のひとつだ。

『何も言うな桂。一番つらいのは彼だ』

解説役に徹する西園寺公望。

『この政権戦争、ふたりは時に支え合い、時には戦うほかなかった。それが私たち総理大臣同士の、宿命――』

本当に下手くそな演技の泰平さん。踊りはピカ一なのに芝居は一向に上達しない。なのに説明台詞が多いから残酷すぎる。彼がメインでお芝居しているシーンは、どことなく劇場の空気がそわそわする。観客はもはやその大根ぶりを愉《たの》しんですらいる。泰平ファンは「舞台上で息をしているだけで尊い」なんて言ってるけど、さすがに作品クオリティのためにも演技の勉強はしてほしい。せっかく次は翔太君の見せ場なのに。

集中力が削《そ》がれた私は、別の解説を独自に展開する。

「ここ、前の翔太君なら涙ふく演技したと思うの、でもしないでしょ、わざとだよこれ、ほら手、指細かく震えていたの劇場で観た時！　私それ気づいて鳥肌たった！」

「ふぁー。よく見てるねえ、りさ子は」

感心するアリス。

だって見逃したくない。渾身の翔太君を隅から隅まで目に焼き付けたい。

『でも、こんなのって、あんまりです……！』

『いいん……だ……』

『有朋さんっ！　まだ息が！』

桂太郎が山縣有朋を抱き起すところにフォーカス。ここからしばらくはふたりの掛け合い。編集の都合で翔太君の姿は映らない。

『俺の夢は……ここでついえる……それもまた……宿命なんだろ？』

『有朋さん、しゃべっちゃ駄目だ！』

この間も、翔太君は熱演の真っただ中。

舞台にいる以上は台詞がなくても誰もが役を演じ続ける。観客はどこを観たっていい。観劇って自由だ。私は客席で、桂太郎と山縣有朋の台詞を耳で取りながら、翔太君の勇ましい立ち姿に見惚《みと》れていた。認め合ったかつての友を宿敵として斬ってなお、折れずに立ち続ける勇ましい佇《たたず》まい。今どんなことを想っているのだろう？　って想像するだけで私にも涙が込みあげる。

『敬ぃ……お前との政権争い……楽しかったぞ……』

山縣有朋が原敬の名前を呼ぶ。

そうか、これは政権争いなんだ。設定を忘れていた。

『有朋』

『敬ぃ……俺に勝ったんだ……他の総理には……負けんじゃ……ねーぞ』

『はは……もう一回、死ぬのか……今度はどこに……行っちまうん……だろう……な』
『ああ約束だ』
私は唾を飲み込んで待つ。次が名シーン。
原敬は目をつむり、自分の胸に拳をあてて、
『ここだ。お前の魂は、俺が受け継いだ』
「「わあぁぁぁ～」」
正面から大写しの翔太君に、私たちは一斉に身悶えした。
『この世界のため、平和のため。必ずや政権を手にしてみせる』
決め台詞。決まった。かっこいい。無理。もう語彙はない。
『たか、し……』
バタン。山縣有朋、死す。
哀愁漂うピアノ音が、ぽつりと消えた。
静謐《せいひつ》の劇場内。
舞台も客席も等しく、同じくひとりの「死」に直面した瞬間。
『有朋さあぁん！』
『いやあああぁ！』

桂太郎とヒロインの叫び。

このヒロインの秘書は基本的に叫んだり驚いたり泣いたりしているだけ。本筋の「総理大臣バトル・ロワイアル」に一切関わらない。何の役にも立たない。それなのにすべての男キャラクターから言い寄られる。ちょいちょいラブシーンが差し挟まれる。さすが乙女ゲームのヒロインだ。演じる長谷川佑子も、熱愛の噂《うわさ》がでないクリーンな女優さん。人畜無害ヒロインには適任だ。あんなポジションで周囲のイケメン俳優と何かあったら困る。何もないからこうやって安心してお芝居の世界に集中できる。ゆっこは誰かさんと違って大丈夫。

そう、誰かさんがゲスト出演した前作は、もうDVDで観返す気にもならない。シリーズの真ん中のお話なのに、邪念が入り込んでしまう。物語の世界を楽しみたいのに現実のそういう邪念が邪魔をする。そんなことは本来あってはいけないのに……。

余計なことを考えて気持ちが沈みそうになる。私は意識して目の前のスクリーンに目を向けた。有朋が死んでしんみりムード。隣のたまちゃんがちょっと目を潤ませている。アリスが「あっ！」と言うから何かと思えば、スカートにドリンクを少しこぼした模様。なかなかフィクションの世界には戻れない。

ここで音楽が変調する。照明もガラリと趣が変わった。

『あれあれぇ～？　山縣センセー死んじゃったのぉ～？』

薄暗く怪しげなステージ。

逆光のなか、舞台センターの奥から煙にまみれて現れる黒いシルエット。

『お前はっ……！』

原敬が振り返り、刀を構える。

若手俳優・瑛太郎が扮《ふん》する、米内光政の登場。

漆黒のマントをひるがえすと、純白の海軍軍装が顕《あら》わになる。腕には戦艦の砲台みたいな装備。

『政権☆伝説』で初めて米内光政という総理大臣を知った。海軍の人らしい。勉強になる。でも絶対こういうキャラじゃないんだろう。脚色しすぎ。史実の人が不憫《ふびん》。

米内光政が高い段からジャンプして降りてくる。

ゆっくりと歩く瑛太郎。一歩一歩が他の役者と比べて遅い。わざと自分の出番で時間を取っている感じがある。初舞台らしい気合いの入り方は大目に見てあげたい。誰でもみんな最初はそう。俳優の成長を見守るのも観客の役目。

自信満々にポーズを決めて、

『ようやくぅボクのぉ出番だぁねぇ、帝國海軍巨大戦艦を率いる、この米内み、』

ぴ。

アリスが、リモコンの停止ボタンを押した。

全員の動きが止まった。

物語の時間が凍結する。

「やあー画質きれいだわー。翔太、肌きれいすぎ」

アリスが遠い目をしてうっとり。リモコンをテーブルにがしゃんと投げて、

「やっぱいいね大画面！」

「そうやね、家だと迫力出んもんねえ」

「ねえ！　ハニトーもう一個頼んでいい？」

言うが早いかアリスは立ち上がり、壁にかかった受話器を手にする。今日も前に着ていた水色ロリータ服。実はあんまりお洋服を持ってないのかな。心なしか、色あせているようにも見えた。

目の前には、食べかけのハニートースト。上に乗ったバニラアイスが溶けてパンに染み込み、チョコレートと混ざり合ってぐちゅぐちゅに型崩れしている。

突然の中断で現実に引き戻された私は、

「DVD観てると、ナマで観たの思い出すよね」

と、たまちゃんに話しかける。

「私たち千秋楽に観た時、さっきのところは、もっと間を取ってたよね？」

「あー……そうかも。りさ子、よく見とるねえ」

翔太君の「ここだ。お前の魂は、俺が受け継いだ」から「この世界のため、平和のため。必ずや政権を手にしてみせる」までの一連は重要な見せ場。前半の台詞でしっかりと観客の注目を集めてから、物おじせずに客席へ向けて情熱を解き放つ。私は毎ステージここで涙腺崩壊。毎日ブラッシュアップされる迫真の演技はラストステージにその集大成を見せた。DVDに使われている収録回は、まだ公演日程前半のステージのもの。ちょっと未熟なのは否めない。

だからこそ。

こうやって翔太君の成長を実感できる自分が誇らしい。

私は、ちゃんと翔太君を見ているんだ。

外側だけじゃない。

私は、ひとりの人間の成長過程を応援している。

同じ時代に生きる、同じ時間を生きる人を見つめている。

「やっぱり翔太君が原敬。翔太君にしかあの原敬はできない。絶対卒業してほしくない。ずっと演じてほしい原敬」

私が原敬原敬と連呼していると、

「何々、何の話ー?」

とアリスが戻ってくる。どすんとソファが揺れた。

「翔太君の話」

「あっは、それは分かるよ。それしかないでしょ」

「ねえ続き観よ？」

たまちゃんが割って入る。

「ここで止めたら可哀想やん。見て、瑛太郎くんの顔」

画面を見ると、米内光政が微妙な顔つきのままフリーズしていた。

視聴者の一方的なタイミングによる静止画。目は半分閉じて、口元が歪《ゆが》んでいる。自撮り加工が茶飯事の「イケメン」俳優にとって、映像による劣化はよくあることだ。

「ほんとだ、ウケる。瑛太郎」

爆笑するアリス。

「いいからアリスちゃん、早く再生ボタン押して」

「私おしっこ！」

また立ち上がり、リモコンをテーブルに放り投げて、どすどすと出ていく。

おしっこは成人女性としてどうなんだろうと苦笑いでたまちゃんに向かいかけたところ、彼女は不意に立ち上がり、リモコンを乱暴に掴んでボタン操作した。

画面が瞬時にブラックアウト。

登場人物は全員、闇へと消えた。プレイヤーから、べえーっとDVDの円盤が排出される。

たまちゃんはリモコンを握りしめ、俯《うつむ》いている。目にかかる伸びすぎた前髪のギザギザが、切れ味のよい刃物に見えた。

まだ本編は終わっていない。新しい敵・米内光政が艦砲射撃で味方勢に打撃を与えて去っていき、新シリーズの幕開けを暗示しながらも原敬がひとり、山縣有朋を弔うラストシーンが待っている。いきなりの中断に、私は戸惑った。

「アリスってさ」

と、たまちゃんが口を開く。

「うん」

毒づく時の声だ、私は身構える。

「ああいうとこあるやん」苦笑いしながら、「マイペース？」

「ああ……」

「なんでいつもメイクしんのやろ。観劇の時もだけど、前にファンイベすっぴんで来たの、ウチ引いたもん」

「うん」

どうしていまその話を？　そんなの出会った頃からだ。

「推しとのツーショそれでいいんか？　苦手やわー」

私の鼓動は早くなる。

「りさ子もそう思わん？　アリスうざい時あるやん」

「うん。どうだろう……」

「今日だってさ、アリスが鑑賞会しよって言うから来たけど、交通費バカにならんやんね」

たまちゃんは今日、舞台もイベントもない土曜日に、わざわざ深夜バスで岐阜から上京していた。グループLINEでのアリスの発言「ねーっDVD出たし鑑賞会しようよ！」がキッカケだった。ちなみにディスクは私が持参した。きっと彼女はDVDを買っていない。

「ごめん」

「ううん、いいの楽しいから。やけど、ちょっとはそういうの、彼女も考えてほしいなって」

扉のほうを見やるたまちゃん。本人はまだ帰ってくる気配がない。

「考えてみたらアレやんね」

たまちゃんは言う。

「ウチら、翔太君が好きってだけの関係やしね。わからんかそりゃあ」

「そう、だね。うん……」

そうだ。年齢も職業も住んでいる土地も家族構成もみんなバラバラ。

私たちファン仲間を繋ぎとめているのは、翔太君への想いだけ。

共通項はそれだけなんだ。

部屋に気まずい沈黙が流れる。

さっきあれだけ盛り上がった空間とは思えなかった。

外からはくぐもった素人の歌声がかすかに聞こえる。

好きな人が同じだけ。ただそれだけ。

しかもそれだって思えば不可思議だ。

私はたまちゃんとアリス以外のファンとの交流がない。

仲良くしたいとも、顔馴染みになりたいとも思わない。

イベント会場で美人や可愛い子や派手な人を見ると、心が針で刺される痛みをおぼえる。

翔太君の良さを分かり合える人。

裏を返せばそれは嫉妬の対象だ。

たまちゃんもアリスも、容姿に恵まれてはいない。正直、地味な私でも勝てている。

だから安心できる。

抜け駆けして翔太君をどうこう……ってタイプではないと言い切れる。

ファンのなかには、渡したお手紙にアドレスや電話番号を書いたり、出待ちして積極的にそれ以上の関係を築こうとする者もいる。私が終演後に劇場裏で目を光らせているのは、そういう人間に対する警戒もあってのこと。そんな人たちは危険だし、翔太君にとっては迷惑な存在。到底、仲良くできるはずもない。

だけどずっとひとりは寂しい。

寂しかった。自分のなかだけで考えが膨らみ続け、それをネットに吐き出すほかなくなって、やがてはパンクする。私はそれを経験からやっぱり知っている。

だから私は「友だち」を作った。

たまちゃんとアリス。当たり障りのない無害なファン。

それなりに。

それなりに三人、うまくやってきたつもりだった。

少なくとも私は。

だけどたまちゃんの鬱憤は溜まりに溜まっていた。

溢《あふ》れだしたものを堰《せ》き止めることは、私にも、アリスにだってできない。

暗雲が心にかかる。

私たち、これからどうなるんだろう。

一度ヒビの入ったコップは、どれだけ補強しても割れやすいままなんだ。

「ねえ、たまちゃん」

「何？」

私は耐えかねて、矛先を変えるために話題を切り出す。

「ツイッター見た？」

「……篠戸さんのやつ？」

たまちゃんが私の顔を見る。

「うん。あの噂、本当かなって」

共通の敵・篠戸るるの話題。

「どうなんやろねー。ネットは盛り上がっとるけど」

翔太君の彼女疑惑は、依然として鎮静化することなく、次々と根拠となる発言や検証比較画像が増えている。まとめサイトも作られて閲覧が容易になり、事情を知らない人もすぐに経緯が把握できる。

「あの女は基本SNS向いてないわ。煽《あお》り耐性もないくせに匂わせ大好きで、自分から燃料投下しすぎ」

「うん。酷《ひど》いよね」

本格的な炎上まで、まさに秒読み段階。

このままでは彼のキャリアに傷がつく。

今後の活動に大きく支障が生じてしまう。

「自慢したくて仕方ないんやろうな。旬の過ぎたグラドルは事故物件やわー」

女がらみの失態で堕《お》ちていった俳優はいくらでもいる。

篠戸るるのせいで、翔太君の将来が奪われてしまう！

どうにかして翔太君の未来を守らなければ。

私は翔太君のために、何ができるのだろう。

「でもまあ」

だけどたまちゃんは、苦い顔をしつつもこう言った。

「彼女くらい別によくない？」

え？

「あんなハイスペックなんやし」

いいの？

「だってウチ、ガチ恋やないし」

何かを口にしようとして、声が出なかった。

「応援している人がそれで頑張れるなら、全然ありやけどな」

たまちゃんは言う。

私はただ、

「ガチ恋……」

と小さく呟いてみる。

「りさ子はダメ？　許せないタイプ？」

「私は……」

恋って何だろう？

愛って何だろう？

分からない。全然分からない。

「りさ子は翔太君と付き合いたいわけじゃないやろ？」

「えっ！　う、うん。それはもちろん……！」

そんな恐れ多い。話が一気に飛躍しすぎている。

「やら？　ガチ恋やないなら、別にいいやん気にせんで」

そうだけど。

そうなの？

ガチ恋って？

私の翔太君への想いって？

好きって、何なんだろう？

私は、翔太君に何を望み、何を欲しがっているのだろう?
翔太君。
翔太君……。

09 レストラン

静寂のなかに、ナイフと食器のぶつかる音が響いている。

「あえて店内に音楽を流してないんだって。食事に集中できるように」

美紀さんが解説してくれた。落ち着きのなさを察知されたのだろうか。

店員さんがやってくる。黒いシャツに黒いエプロン、背が高くてオールバック。俳優さんみたいな雰囲気。

私は急いでメニュー表を睨んだ。

「本日の有機野菜のディップサラダセット」

美紀さんがこなれたオーダー。

「を二つ」

と愛子嬢。

「あ、三つで」

と早希絵。

時間がない。どれにしよう。いちいち値段が高いうえに、どれも初めて聞くカタカナだらけで料理のイメージが湧かない。

「ドリンクはコーディアルソーダ。一緒でいい？」

まとめる美紀さんに早希絵がうなずき、愛子嬢は、

「エルダーフラワー好きー」

と甘い声を出す。

ウエイターが残りの注文を取るために私を見る。ちょっとかっこいい。アルバイトかな。何かの舞台に出てたりはしないのかな。

「新山さんは？」

促す美紀さん。

「えっと……あ、このアッ、アッシェ、パルマ、ンティィエって何ですか？」

私が生まれて初めて発音した単語に、

「マッシュポテトとお肉のグラタン。美味《おい》しいよ」

美紀さんが店員さんに代わって応える。

マッシュポテトか。苦手だ。マッシュポテトならマッシュポテトとそう書いてほしい。

アッシェパルマンティィエって何語？

「え、じゃあ……」私はメニューの下のほうを見て、「この、卵サンドイッチ単品で」

「えーっセットにしなよスープ付きだよ」

愛子嬢はもったいないと言わんばかり。

「あ、じゃあこのオーガニックスープのセットで。あとお水で大丈夫です」

スープ代が高くついてしまった。せめてドリンク分は死守しないと。

そう思った矢先、早希絵が、

「ドリンクついてるよ」

と笑った。顔が熱くなる。隙あらば私を馬鹿にしてくる。

「あっ。えっと、そしたら……アイスティーで」

選択も面倒なのでメニューを見ずに決めた。まさかアイスティーがないという番狂わせもなく、店員さんは黙って一礼してテーブルを離れる。

「卵サンドでいいのー？」

愛子嬢が私に訊く。

「あっはい。卵好きです」

よくわからない釈明をする私。いいも何も注文したのだから今さら問われても。

「ここの卵」と美紀さん。「平飼いの鶏だから超いいってー」

「平飼い！」

早希絵が口に手を当てて喜ぶ。

月曜日。

平日のランチタイム。

私は同僚たちと、おしゃれなカフェレストランに来ていた。

モノクロとウッドカラーを基調とした内装。あちこちに観葉植物の鉢植えが並べられている。

ガラス張りの天井からは日光が容赦なくふり注ぐ。空調は利いているものの光が眩しくて暑い。私は着ていたカーディガンのボタンを外して腕をまくった。早希絵が私を見てまた笑った気がした。彼女は今日も白いブラウスとグレーのパンツをしゅっと着こなしている。シンプルなのに華やか。ファッション誌から飛び出してきたような佇まい。

愛子嬢も、可愛らしいオフィスカジュアルに身を包む。美紀さんは黒のレースシャツにタイトスカートで、趣味を押し出しているのに洗練されている。自信が服装を形作っていた。みんな、陽のオーラが溢れている。きっと私が同じ服を着てもこうはならない。この差はどこで生まれるのだろう。

「新山さんも、たまには外で食べなきゃ。こういうのもいいでしょ？」

隣に座った美紀さんが言う。

「はい」

いつもは弁当で済ませている、お昼休憩。

オーガニック野菜を前面に押し出したこの店の存在は、今日まで知りもしなかった。

「いつも新山さんお弁当だもんね〜。お昼くらい外出ないとね〜」

愛子嬢がくりっくりの目を私に見せつけながら言う。弁当持参の何がいけないのだろう。社長令嬢のあなたには手作り弁当＝貧乏メシという図式が出来上がっているのだろうけど。

「しかも」早希絵がつけ加える。「いつも同じ中身」

「あ〜確かに！　絶対飽きそう！」

「飽きないんじゃない？　だって新山さん、同じ劇を何回でも楽しめる人だから」

早希絵の皮肉は今日も三ツ星クラス。愛子嬢はケラケラ笑っている。それをただ穏やかに聞いている美紀さん。平和だ。私だけが居心地悪い。いつものこと。

私を「新山さん」と名字で呼ぶ同僚たちは、三人とも下の名前で呼び合って話が弾んでいる。私は「りさ子」じゃなくてここでは「新山さん」だ。私がいないほうが楽しいはずなのに、わざわざ強引に相席させられて、誰も得をしないランチタイムのはじまり。

弁当さえ忘れなければ。寝坊して慌ただしく家を出たせいで、キッチンに置いたまま部屋を出てしまった。「あれーっ今日はお弁当じゃないの？」と愛子嬢に目ざとく発見されて今に至る。

弁当は低コストこそ重要。いっぱい作って長期保存、そんなのは生活の知恵だ。無駄な出費はまず食費から抑えるもの。常識でしょ。

『卵サンド』単品で千三百円。スープセットドリンクでプラス三百八十円。合計千六百八十円。しかも外税。昼食だけでこんなに……。サンドイッチならコンビニで買えば三百円で済む。

ほかの三人が注文した『本日の有機野菜のディップサラダセット』は二千五百八十円。CDアルバムが買えちゃう。二回食べたら舞台チケット一公演という恐ろしさ。看板メニューらしく、メニュー表のトップに大きく写真付きで掲載されていた。私の頼んだ『卵サンド』は下のほうに小さい文字だけで写真はなし。ほとんど注文が入らないのかも。

それにしても。

有機野菜やらオーガニックやら。

健康志向なんてどうだっていい。無塩とも無縁でいい。農薬を使って安く上がるなら構わない。

そもそも外食を控えたほうが、身体に良さそうな気もするんだけど。

俗に言う「健康意識の高い人たち」は、その食事の有する「情報」を食しているに違いない。味ではなく情報を食べるために高い代金を支払っている。私にはそう映る。

「てか聞いて！」

愛子嬢が手を打って、

「安田《やすだ》さん、まだ告白して来ないんだけど〜」

「またその話？」

露骨にあきれ顔の早希絵。

「だって散々えっちしといて、付き合わないって、それ遊ばれてるってことでしょ？」

「知らないよ」

「その歳で告白も何もないでしょ」

諭すように美紀さんが、

「週二で会ってるんだっけ？」

「だいたい週三。今週は四回？」

指を折りながら真剣な顔つきの愛子嬢。

「会えてるならいいじゃん」

「だって前付き合ってた人は、えっちしてから一週間で告白してくれたよ？ ちょうど昨日ね、安田さんに『私たち付き合ってるの？』って聞いたの。そしたら『付き合ってっていう言葉は、俺のタイミングで言いたいからもうちょっと待って』とか言われて！」

「ええ何それ？」「それは謎だね」

ふたりの反応に、愛子嬢は「でしょー？」と身を乗り出す。

「私は普通の恋愛でいいの。好きです、私もです、付き合いましょうってやつ。こっちは遊んでた人を全部切ったのに、今さら付き合わないとかは困るんだけど」

経緯を存じ上げない私は相槌《あいづち》を打ちそびれ、聞いているようで聞いていない表情作りに努める。

「向こうも人員、整理してんじゃない？」「えーでも、私以外に女いないって言ってたよ」「嘘だよ」「なんで？」「そりゃそう言うでしょ」「でもいないって言ってたもん」「だからあ」「ごめんね新山さん、この子いつもこうなの」

不意打ち。ここで私にくるなんて思わなかった。

私は美紀さんの顔を見ながら、

「あっいえ」

と苦笑いでごまかした。

「聞き流していいよ」

それが当たり前といった早希絵。

「ちょっと〜、ひどい早希絵センセー」「自分の恋バナしかしないじゃん」「人の恋バナはできないでしょうよ」「聞く側にまわりなさいよ」「えっえっ早希絵ちゃんなんかあるの？」「ないよ私、いま忙しい」「ほらー。えっじゃあ新山さんはー？」

「わ、私は」

またきた。予測不能のボール回しは疲れる。休憩時間なのに休まらない。

「新山さん、『追っかけ』に夢中だから」

美紀さんが助け船を出してくれるも、追っかけという古い表現に引っかかる。

「ああお芝居？」

愛子嬢は私に興味を示して、

「私、劇とか観たことない。ウソ観たことある小学校の時、体育館で！　ねえねえお芝居って面白いの？」

「え、はい。まあ」

面白いから観るに決まっている。

「えっ。イケメンいっぱい出てる？」

「いっぱい……まあ、はい」

「えーいいな。私も今度行こうかなあ」

雲行きが怪しい。チケット取ってくれだなんて言いかねない。

舞台は映画とは違う。人気舞台を今日観たいと思っても即チケットが買えるわけじゃない。数か月も先のスケジュールを調整して、先行申込みや抽選をクリアして、ようやく演劇という贅沢《ぜいたく》な娯楽にありつける。人が人に会いに行くのだから当然手間がかかるし値段も相応。その価値があると思うから、その贅沢に全力を注ぐんだ。ろくに理解していない人間に軽々しく「行こうかなあ」などと口にされるのも腹立たしい。

「愛子あんた、出会いとか期待してるでしょ」

「してないよ～いま安田さんいるもん」

「いなくても俳優とは何もないわ」

早希絵が笑う。

「えっでもさー、新山さんの好きな人が出てるんだよね？」

「はい」

好きな人。

私の好きな人が出ている。

愛子嬢のストレートな物言いに私は少しうろたえる。

「観てるだけじゃ我慢できなくない？　付き合いたくない？」

「えっ」

思わず声が漏れた。

「ちょっとやめな愛子」

と、珍しく早希絵が私をかばう。

「だって好きな人ならそういうの普通じゃん」

あっけらかんと愛子嬢。本心のようだ。

「向こう芸能人だからねえ」

と言う美紀さんに対しても、

「いーや、テレビ出てる人よりワンチャンありそう。だってリアルで会えるわけだし。すぐそこにいるんでしょ？」

あまりに雑な物言いに、早希絵は「何それ失礼」と半笑いで返す。

私は反論したい気持ちを抑え、受け流すつもりでいた。

だけど愛子嬢は攻めの手を緩めることなく、

「新山さんいきなよ。アタックしなよ〜」

と迫ってくる。

「私は、そういうんじゃないです」

私の決意はもろくも崩れる。

「そういうんじゃないです。だって、親目線だから」

「親目線？」怪訝《けげん》そうな愛子嬢。「どういうこと？」

「その人を、見守るというか……成長していく姿を見ていたいというか」

私は無理やり、ネットで見かける「親目線」という言葉を使って説明を試みる。そうまでして自己正当化を図りたくなった。

「えっウケる〜。ウソだー」

だけど愛子嬢は指をさしながら一蹴する。

「じゃあどうなりたいの？　その先の未来は？」

「その先……？」

「だっていっぱい時間使ってさ。お金もプレゼントとか相当かけてるでしょ」

「はい」

「そんだけ貢がせて恩返しがないとか、男として終わってるよね」

言い張る愛子嬢。

男として。

違う。そうじゃない。

貢ぐのは自分の意思。

男だとか恩返しだとか一般論で語らないで。

「美紀さん、そういうの詳しいでしょ？　ほらほら美紀伝説！」

「ちょっとやめていきなり」

今度は笑っている美紀さんを指さして、

「この人ね、筋金入りのバンギャで、普通にバンドマンとつながってたんだって」

つながる？

「セフレ〜」

時間帯と空間に似つかわしくない言葉が飛び出す。

美紀さんを見ると、

「私の場合は相手チャラかったから」

どこか自慢げに頬を緩めている。

思わぬ方向に話題が進んだ私は、

「そうなんですか……」

としか返せない。

つながる。

ファンが相手と、つながる。

ネットでの噂はいくらでもある。

一夜のお遊びから真剣交際まで。

「新山さんくらい熱心なら、いけるよ！」

愛子嬢が言う。

「さあ、どうでしょう。向こうがどう思っているかまでは……」

「顔とか覚えられてないの？」

「や、まあ一応。分かってはいるかと」

「ほら～。ちゃんと覚えてるってことは感謝してる証拠だし、いつも嬉しいんだよ」

「………」

「意識してるって！　ねえ早希絵」

「思い切って食事誘ってみたら？」

早希絵までもが加担する。冗談を言わない彼女のような人ですら、私の置かれている立場を現実的に想像できないらしい。

私と翔太君の距離。

それがどんなに近くて遠いか。

「一般」の目からすれば、ファンも俳優も等しく同じ男女にすぎない。関係ないのかもしれない。

それとも、もしかして本当に。

今までの努力によって、翔太君に近づけたのかも。

翔太君だって私のこと、嫌だとは思わないかも。

私はあの「奇跡のハイタッチ」を思い出す。

あの特別なファンサービス。秘密のアイコンタクト。

言葉じゃなくて、つながれた瞬間。

つながる。

数いるファンのなかでも私はちょっと特別だとしたら？

私は自分で我慢している目の前のラインを。

踏み越える勇気を持ってみてもいいのかな。

今度こそ。お互いが、お互いのことを――。

「新山さんガチ恋でしょ？」

美紀さんが改まった声で言う。

「……え？」

「ガチ恋って何ー？」

愛子嬢が美紀さんに食いついた。

「芸能人に本気で恋しちゃうこと」

「えーっ。やばーっ！」

愛子嬢に見つめられて、私は目を伏せた。恥ずかしくて消えてしまいたい。

違いますよ。そう反論できなかった自分がいる。

たまちゃんは言った。りさ子はガチ恋じゃない。

でも美紀さんからはそう見えるんだ。ガチ恋に見えるんだ。

どっち？

本当の私はどっちなの？

翔太君は恋愛対象なの？

翔太君とどうなりたい？
まさか、付き合いたい？
自分ではもうわからない。
翔太君が好きすぎて、その「好き」の正体なんて考えようがない。
好きなものは好きだからしょうがない！
「本気でいけば見返りあるかもね。案外そういうもの。向こうも結局オトコだから」
意味深に、美紀さんが口元をつりあげる。
変な想像を巡らせないではいられない。
美紀さんの応援していた人。一生懸命に支えた人。
その人と、ファンの美紀さんは。
特別な関係になれたのだろうか。
本気の恋が、実ったのだろうか。
憧れの、好きで好きでたまらない、男の人と……。
「お待たせしました。卵サンドのお客様」
ふいに男性の声がする。
目の前には小ぶりのサンドイッチが四切れ。
同僚たちは「わあー美味しそうー」と言いながら、スマホを一斉に取り出した。

わずかな角度や日差しを気にしながら、運ばれてきたサラダを撮影する。インスタグラムにアップするのだろう。お金を出して手に入れたいものは、健康でも情報でもなく「いいね」なのかもしれない。

私の話はたちどころに打ち切られた。

まだ答えは出ていないのに、有機野菜の鮮度と産地についての話題で盛り上がっている。

価値観が違いすぎる。この人たちとは、分かり合えない。

好き勝手に人の気も知らないで、てきとうなことばかり。

だけど。

私の価値観だってあやしいものだ。

最近、私は私が、揺らいでいる。それが辛《つら》い。

それを自覚できてしまっていることも寂しい。

応援って何?

どうして私は、翔太君を応援するの?

好きだから?

好きだったら応援するのが当たり前?

翔太君は言った。

「ファンがいてこその俳優です」
応援する側と、支えられる側。
相互依存のように聞こえるけど、気持ちは一方通行に感じる。
私は、私というより、私たちファンという集合体の構成要素。
翔太君に個を必要とされない限り。
翔太君が私を必要と、しない限り。
一対一の対等な関係など望めない。
でもどうして一対一を望むのだろう。
翔太君の特別な「ひとり」になりたいから？
いま翔太君には特別な「ひとり」がいるかもしれないから？
篠戸るる。
そうだよ。
彼女の存在がちらつきはじめてから、歯車が狂いだしたんだ。
あの「ひとり」がいなければ、私は「ひとり」を意識しなかった。
ずっと変わらず応援したかったのに。
それを邪魔する人間がいる。
「新山さん！」

愛子嬢が大声で私を呼ぶ。

彼女は屈託のない可愛い笑顔で、私にエールを送ってきた。

「その好きな人と付き合えたら、報告よろしくね。待ってる！」

10 稽古場

「今日の稽古で、それぞれのキャラの立ち位置と、芝居の輪郭が見えてきたかな。明日以降も掘り下げていきましょう」

あやはさんが三十分におよぶダメ出しをしめくくった。

俳優陣が「はい！」と揃って威勢のいい返事をする。

「じゃあ本日の稽古を終わります。お疲れ様でした」

「「お疲れ様でした！」」

稽古開始から二週間。

あと一か月もすれば『政権☆伝説』新シリーズの幕が上がる。

今日は初めての「荒通《あらどお》し」だった。動きもついて、芝居を頭から止めずにラストまで続ける稽古。ここからは内面の感情や、会話のやり取りを深めていく作業に入る。ダンスや殺陣の精度も大切だが、やはりイチ役者としては、精神的な内側を掘り下げる「役作り」のほうが楽しい。

今日の稽古はひどいものだった。

あやはさんは、声を荒らげはしなかったものの、機嫌次第では怒髪天だっただろう。稽古時間を延長しての説教タイムも大いにあり得た。

それくらい、出来はだめだめだった。

それと言うのも主演のせいだ。

周囲がどれほど頑張ってフォローしても、いちばん太い柱がグラついては、芝居全体が倒壊する。

瀬川翔太め。どうしたんだ。

それぞれが帰り支度をはじめる。当の本人もそそくさと更衣室に行ってしまった。終始難しい顔をして、気もそぞろだったから、考え事で頭がいっぱいなのだろう。

集中していない役者の演技は一貫性に欠ける。

主役がそんなでは、共演する僕らまで巻き添えをくらう。ちょっとずつ悪影響を受けて演技プランはほころびる。こうなると悪循環。稽古を重ねるごとにクオリティが低くなっていく。

良くない流れが、稽古場に生まれつつあった。

みんなの調子が悪いのも明らかだった。

翔太さんは稽古中もどこか上の空。あやはさんに「聞いてるか翔太?」と指摘される始末。

原因もだいたい想像がつく。

ネット上のバッシング。

SNSでは日増しに酷くなっている。

篠戸るるとの恋愛関係に、ファンも感づいていた。

有名人は「エゴサーチ」つまり自分の名前を検索してはいけない。業界の鉄則だ。あることないこと好き放題、人権無視の悪口がネットには溢れている。よくもそこまでの罵言《ばげん》を書き込めるなと思うばかり。きっと書いている人たちは面と向かってその言葉を吐けない。匿名性の為《な》せる業。いちいち気にしていては心がもたない。気になるのはわかるが、ならば最初から見なければいい。そうすれば心は守られる。

自分の心までは、事務所もマネージャーも守ってくれない。自己防衛が肝心だ。

しかし本番はやってくる。

早く立て直す必要がある。

……まったく世話のやける。

「あの、ちょっと飲んでいきません？」

僕は誰に言うでもなく提案した。

「いいね。飲もうか」

すぐに賢護さんが応じる。その隣にいた孝介さんも「いいっすね」と乗ってくれる。

三十代の役者は酒好きだ。「稽古後に飲むために稽古している」と揶揄《やゆ》されるくらい。

「どっか行きます？」

と、瑛太郎がスマホを取り出すも、

「稽古場でいいんじゃね？　冷蔵庫、ビールあったし」

孝介さんがジャージを再び着直した。外に出るのが面倒なのだろう。

「そのビール、うちの事務所の差し入れな」

と泰平さん。

彼と瑛太郎が所属するモデル事務所は業界最大手。事務所名義で、差し入れの便宜がはかられる。金のある「大手様」は羨ましいかぎり。

「すいません俺、先に帰ります」

リュックを背負った翔太さんが、扉の付近に立っていた。

孝介さんが興ざめしたように、

「何だよお前」

と毒づく。

「翔太さん飲みましょうよ～」

僕が軽いノリで言っても、翔太さんは申し訳ないという顔で頑なだった。

「さては彼女さんが家で待ってんでしょー？」

からかうように、ゆっこさん。

「違うから。台詞覚えたいから」

翔太さんは反論するも、「出たぁ真面目」「台詞なんか稽古してれば入るでしょ」と引き留められる。

「翔太さぁん、俺らより彼女のが大事っすかー？」

瑛太郎が先輩を煽りながら、缶ビールをダースで持ってきた。

「おお瑛太郎ありがと」

孝介さんがビールを配っていく。瑛太郎はいつの間に着替えたのか、ミルクボーイのパーカーがこざかしい。プリントされた大柄のうさぎと目が合った。可愛いアピールはキャラがかぶるからやめろ。

翔太さんだけが缶ビールを受け取ることなく、

「お先に失礼します」

頭を下げて外へ出て行った。何人かが「お疲れ様ー」「お疲れー」と、白けた声を出す。

きっとみんな気づいていた。

翔太さんの不調を、飲みの席で解消する必要性に。

その当人が不在では、これは何のための飲み会だ？

翔太さんは付き合いの悪い人ではない。場の空気も読めるはず。よっぽど落ち込んでいるんだ。無理もない。匿名とはいえ、人格を否定されるような「口撃」はメンタルにこたえる。もとはと言えば己の脇の甘さと、付き合う相手を間違えたせいだが、そんなプロ失格の三流俳優に足を引っ張られて舞台がコケるのは納得がいかない。

いまが挽回《ばんかい》するチャンスだったのに。

世話焼きの先輩諸氏が酒の席で慰めてくれたろうに。

これではただ稽古後にだらだら安酒をあおるだけだ。

つまみもケータリングコーナーに置かれているスナック菓子。

仕方ない。

どうせビールはタダだ。一缶あけてさっさと帰ろう。

簡単に片付けや着替えをしてから、稽古場の隅で円になって座る。孝介さんはもう缶を開けて飲んでいた。誰からともなく「かんぱーい」と緩く言いあう。一日声を張りあげて疲れ切った喉に、アルコールが染みわたっていく。安酒を覚悟していたのにプレミアムモルツ。乗り気じゃなかったのに美味しいじゃないか。大手事務所の資本力が心底羨ましい。

「翔太、尻に敷かれてんのかなあ」

孝介さんが、稽古場の扉を眺めながら言う。

「彼女がアレだから」

僕の隣で、泰平さんがやれやれと息を吐く。足が長いので胡坐《あぐら》の面積が大きい。そして今日も全身が黒い。きっと全身がコムデギャルソン。アクの強いアイテムはワンポイントにすればいいのに。一日一ギャルソンにすればいいのに。黒ずくめで威圧感があってたまらない。

「わかるー、依存タイプよね」

ゆっこさんは豪快にビールで喉を鳴らし、

「翔太君もねえ、ちょっとぬけてるっていうか。もう少しうまくやればいいのに残念」

と、辛辣なコメント。彼女も稽古での体たらくにイラついているようだ。

はじまりから不穏な気配を察知した僕は、

「同棲してるんだっけ？」

あえて知っていることを質問する。ネガティブな愚痴大会は不毛だから全力で回避。

「なんか、翔太君ん家《ち》に転がり込んだっぽいよ、るるちゃん」

「同棲とか隠すの大変そう〜」

と言う瑛太郎に、泰平さんが、

「同棲なんてみんなしてんじゃん」

「みんなではない」

すかさず僕は突っ込む。

「いーや、俳優の七割はしてるね同棲」

「どこ調べっすか」

泰平さんがボケを重ねた。いつも涼しげな顔で軽口を叩いてはリアクションを待っている。意外と話したがりな寂しがり屋。そんな先輩にツッコミできる後輩は気に入られる。目上を気持ちよくさせるのが出世コースの最短ルート。どんな業界でもセオリーだ。

「ああもうみんな相手がいていいな！」

孝介さんが語気を強めた。

「三割の俺に謝れっ！」

孝介さんは何年も彼女がいないらしい。それも納得できる。この人ともし女優が付き合ったら、家でも一晩中、演劇の話を聞かされる。ダメ出しもされるだろう。うまくいくわけがない。

「そうですよ。独り身に謝ってください」

瑛太郎が、珍しく孝介さんに加勢した。

僕は同輩に矛先を向ける。

「あれ、お前彼女は？」

瑛太郎の恋バナにでも発展すれば、僕の話題は巧みに避けられるだろう。職場で自分のプライベートを曝《さら》け出しても得しない。どこから漏れるか分かったものじゃない。

「いないけど？」

「前に楽屋来てなかった？」

「え？」

「女」

どうにも噛み合わない。

瑛太郎は少し考えて、ひらめいたように、

「ああ違うよ、あれは。彼女ではない」

「では？」

泰平さんが食いついた。直属の後輩に対しては過敏だ。

「まあ、やることはやってますけど……」

お決まりのパターン。稽古場がドッと湧く。

芸能の人間はこういう話が大好物。

「えー、瑛太郎くんちゃんとしなー？」

ゆっこさんが女性を代表するかのように眉をひそめる。

「いやでも」瑛太郎はビールを一口飲んで、「面倒じゃないですか付き合うと色々」

「は？　それ俺らに言う？」

泰平「先輩」がお怒りモード。馬鹿か。カップルに面と向かって。

慌てて「違います違います」と釈明する瑛太郎に、ゆっこさんも「ひどー」と非難を浴びせる。

瑛太郎はいかにもテンパって、

「じゃなくて、向こう一応お客さんなんで！」

などと衝撃の言い訳をかました。

一同が瑛太郎に注目する。驚きの声をあげながら。

「え？　何？　ファンに？　手出した？」

孝介さんが目を丸くして尋ねる。

「手出したってか、まあはい……そうなるんすかね」

「えっ待ってそれやばくね？　てかどうやって？」

「や、普通に……DMとか」

DMってツイッターか？　なんてリスキーな。

「証拠、残るじゃん。スクショ晒されるぞ？」

この場にいた全員の心配を、泰平さんが代弁する。

「大丈夫っすよ相手ちゃんと選んでるんで」

瑛太郎はへらへら笑っている。まるで笑いに変えようとする笑い方。だけど僕らは笑えるわけもない。

「そんなの分かんないよ」

ゆっこさんは脅すような低い声を作って、

「女は怖いよー？」

一同が「そうだよ」などと賛同する。孤立無援の瑛太郎。「もしかして俺いまスベってる？」みたいな目を僕に向けてくる。

翔太さんよりも危ない火種がこんなところにあったとは。

瑛太郎のような「なんちゃって俳優」がどうなろうと知ったことじゃないけど、とばっちりはごめんだ。オンナとクスリは週刊誌の格好の的。ひとりの問題行動もすぐに座組や作品に飛び火する。特に不倫や乱交など、インモラルな大型爆弾の場合パパラッチは容赦がない。下手をすれば制作会社が潰れるまで追い込まれる。

「気をつけまーす」

やっぱり反省の色のない瑛太郎。

「おい新人」さすがに孝介さんも真顔で、「仕事なくなるぞ」

「えーだって勿体《もったい》ないじゃないですか」

瑛太郎はだけど親切な忠告を受け流し、

「せっかくそういう立場なんだから、選べるうちに若い子、食っときたいじゃないですかあ」

名誉挽回を目指すように、パワフルに主張を語った。

呆れた空気が漂って、僕は泰平さんの顔色をうかがう。諭すための言葉を探して困っているようだった。

瑛太郎に限った話ではない。

こういう若手は本当に多い。僕が子役をはじめた頃と違って、今はちょっと顔が整って背丈があれば、すぐに大劇場でデビューできる。長く続いている2.5次元舞台だと、配役の代替わりがあるため、いきなり新人が人気キャラクターの役で初舞台を踏むことも少なくない。

するとどうなるか。

ろくに演技もできないのに、客席からいきなり黄色い声援を浴びる。

何の努力もしていないのに、輝かしいステージの上で称賛を受ける。

俺はすごい！

俺は人気者！

デビューと同時に誤解して調子に乗りはじめる。

大きな勘違いだ。その声援は自分にではなく「人気キャラクター」に向けられたもの。あるいは前に演じた人が築いた「役」に対するもの。先人の偉業をないがしろにして俺様はスターだと己惚《うぬぼ》れる。

二次元のキャラクターを背景に集客動員力をもてば、そのままある程度の期間は出演オファーもくる。スケジュールは埋まる。たまに深夜のバラエティに呼ばれたりもする。華々しいパーティーに呼ばれたり、ファンの若い女の子からちやほやされたり、ブロマイド収益で給料が一時的にアップしたり、夜遊びをおぼえて放埒《ほうらつ》な生活になったり、またたく間に「勘違い」を正す契機を失っていく。

俳優技術のスキルアップも怠り、遊び呆《ほう》ける。

ブランドものの服を買いあさり、寄ってくる女を抱きまくる。

世間で言えばまだ大学生の年齢。若さが、感覚を麻痺《まひ》させる。

瑛太郎がファンに手を出したのもわかる。

なぜなら、楽だから。

向こうは最初からこっちに好意を向けている。

ナンパで口説くプロセスを省略でき、そのうえ勝率も段違いに高い。

瑛太郎は己の情欲に従っただけ。

それがどれほど愚かな行為かも知らずに。

「だからってファンは危険だろ。同業者にしとけよ」

結局、泰平さんが正論で諭す。

その通り。

僕もセフレのひとりやふたりいる。

だけど守秘義務を徹底させる。同じ業界で、まだそれほど知名度のないモデルやタレントが望ましい。アイドルは熱狂的な「ヲタ」が怖いのでNG。お互い失うものを抱えているほうが、秘密は厳守される。保険をかけて行為中に写真を撮っておけば、抑止力になってある程度こっちの都合よく扱える。もちろん付き合わないし外でデートもしない。彼女なんて仕事に邪魔なだけ、相手に求めるのは性欲処理その一点に尽きる。だから向こうも遊びじゃなくなったら、僕のことを本気で好きになる前に人員を交換する。

恋愛を排除する。

瑛太郎は甘い。翔太さんも甘い。

男女関係なんて、不安定で不確実で複雑で曖昧なもの。

そんなものを信じたら終わりだ。手痛いツケを払わされる。

瑛太郎は僕の理論を知る由もなく、

「いやいや、女優と付き合って揉《も》めたくないんで」

などと笑った。

「おい瑛太郎！」「ちょっとー」

先輩に喧嘩《けんか》を売る度胸は認めてやりたい。

「ファンはやめておいた方がいいよ」

やや離れたところにいた、賢護さんに視線が集まる。

輪には入らず、ずっと静かに缶ビールを傾けていた。

何かを迷っている、そんな顔。

突然の横やりに誰もが戸惑う。

取り繕うように孝介さんが、

「おい、ほら先輩が。ちゃんと聞いとけ」

瑛太郎のケツをわざとらしく二度叩いた。

空気を察してなのか、

「俺が言っても、説得力ないけど」

賢護さんは床に座り直して自嘲っぽく笑う。

「そんなことないですよ」

僕はとりあえずのフォロー。

「そうですよ。ここにいる人はちゃんと分かってますから」

そう言ったのは、ゆっこさん。

だけど賢護さんは、

「すまん。変な空気にした」

と会話を打ち切ってしまった。

誰もが避けてきた、賢護さんの過去のスキャンダル。

面と向かって聞くには、僕らの共有した時間はまだ短すぎた。

だけどここで瑛太郎が立ち上がる。

「前から聞きたかったんですけど、賢護さんが役者辞めたのって……」

「瑛太郎やめろ！」

孝介さんが遮った。

「すいません」

「お前な。こういう場でも、わきまえるところは……」

「俺も聞きたいっす。本当のこと」

僕は言った。聞くなら、今だ。

今度は僕に視線が集まる。みんなの頬が程よく赤みを帯びていた。今なら、多少やり過ぎてもいいだろう。瑛太郎と一緒に若気の至りで片付けられる。

「だって賢護さん見てたら、そういうことする人じゃないってわかるじゃないですか。稽古しててもわかりますよ。だから知っておきたいです。なんでネットとかで、あんな風に言われてるんですか？」

瑛太郎とは違い、誰も僕には口を挟まなかった。

当然だろう。

僕は情に訴えた。

きっと真っすぐな後輩に見えたことだろう。

尊敬する先輩のことをもっと深く知りたいという、真っすぐな後輩に。

もちろん違う。

まったく逆だ。

宮永賢護の弱みを握る。

隠している急所をオープンにさせる。

今なら彼は自ら披露してくれるはず。

人を信頼して曝け出した裏話にこそ、価値がある。

隠し通せなかった真実ほど、弱点として機能する。

だから知っておきたい。

この善良そうなプロの俳優が。

どんな顚末《てんまつ》で転落に陥ったか。

「……そうだな」

賢護さんが、僕たちに向き直る。

そうして僕らは、語られる。

語られなければ、知らなかった物語を。

「こういう場でもないと、話せないしな。まだみんなと距離感あるって思ってたし、いい機会だから俺の口から言っておくよ。俺がどうして役者辞めることになったのか。あれは、そう。ひとりの、ファンの子がきっかけだった――」

11 イベント会場

「彼女いないって発言を信じた私が愚かだった。裏切られた」

本当にそう思う。
彼女がいない、その発言を信じただけ。嘘は裏切りでしかない。
今となってはその嘘を信じ続けてきた者が愚かだったんだろう。

「翔太を応援してきた私のこの気持ちはどうしたらいいの？ バレでいきなり『彼女です』ってなっても認められるわけないし、翔太せっかく注目されてきて一番大事な時期なんだから、お願いだから仕事に集中して」

本当にそう思う。あの女はどう責任取るつもり？
本人や事務所の発表ではなく、ただ露見しちゃうなんて。
俳優は人気商売。プライベートが仕事に支障をきたすの！

「ガチ恋・リアコが発狂しててキモ。お前らが騒いだところで最初から何もないんだから、嫌ならファン降りろよ。それとも妄想が広がりすぎて現実見えなくなってんの？」

違う。見当はずれ。

現にひとりの女のせいで翔太君の俳優人生が危機に瀕《ひん》している。

問題をすり替えないでほしい。ファンを降りて何が解決するの？

「アイドルもグラドルも舞台の仕事現場を若い男との出会いの場だと勘違いしてんじゃない？私たちの好きな舞台をただの『公開合コン』にしないで」

本当にそう思う。

夢と目標をもち懸命に頑張る彼らを、立場を利用してたぶらかす。

接触する機会が多いからといって、そんなことがなぜ許されるの？

「翔太も変わっちゃったよね。昔はそんな風じゃなかったのに……」

違う。見当はずれ。

翔太君は変わっていない。あなたに翔太君の何が分かる？

私はずっと見守ってきた。勝手な親目線に私は呆れ返る。

「付き合う相手は選ばなきゃいけない。もっとちゃんと支えてくれるいい子いたでしょ」

篠戸るるなら、こう言うだろう。

自分が、翔太君を支えていると。

ぬけぬけと言い放つに決まっている。

私は篠戸るるのＳＮＳは毎日欠かさずチェックしている。

深夜に投稿される意味深な文章。

翔太君の私物が写り込んだ写真。

ネットの民を逆なでする「煽り」を繰り返してきた。

篠戸るる

「ネットって、いろんな人がいろんなこと書いちゃってるけど、るるは何を言われてもめげないし気にしない！応援してくれるみんなのために毎日頑張るる♡」

自分が翔太君にとってどれだけ迷惑な存在か分かっていない。
自分のやっている行いのせいなのに開き直るなんて許せない。
全部理由があってのこと。騒がれているのは自業自得なのに。
ちゃんと理解して。ちょっとは反省して。
お願いだから気にして。
応援してくれる「みんな」がどこにいる？
都合のいい味方を作り上げて私たちの声を無視しないで。

篠戸るる
「おうち帰って美味しいごはんを食べてる時がいちばん幸せ。ぬくぬく。むぎゅ！」

家に誰か人がいることを匂わせている。
同棲。家に帰ると翔太君のいる暮らし。
一緒の部屋で、一緒のテーブルで、一緒に作ったごはん。
自分だけが手にした「いちばん幸せ」をひけらかしているの？

ぬくぬくって何？
むぎゅ！　って何？
「今日も疲れたー」
ソファでテレビを見ながら翔太君にくっついているの？
「一緒だと狭いね」
同じベッドで抱きつきながら肌の温もりを感じているの？
毎日ふたりでどんなことをしているの？
ファンを騙《だま》して。ファンをあざ笑って。
恋人も作らず夢に向かって頑張る翔太君を応援してきたのに。
裏切ったのは翔太君じゃない。裏切るような結果に導いた女のせい。
篠戸るる。お前が横から奪い取る権利なんてない。
篠戸るる。お前が彼の傍《そば》にいるのが間違っている。
このままで済むわけがない。
間違いは正さなきゃ！

篠戸るる「るるは毎日大好きな人たちと大好きなお仕事ができて幸せものだあ」

大好きな人たち。大好きなお仕事。幸せもの。
愛されていますアピール。
人気がありますアピール。
遂には身勝手な幸福自慢。
わざわざ言葉にして発信することなの？
いったい誰に向けて何と戦っているの？
最悪だ。
翔太君を好きな私の気持ちを踏みにじらないで。
認識しているくせに。翔太君がたくさんの人に愛されているのを。
なのに、マウントを取りにくる。
私だけのものってアピールする。
勘違いしないでほしい。
その立場は、認めない。
お前が翔太君の彼女だなんて、誰も認めていないから。
翔太君に相応しいのは、もっと翔太君のことを考えてくれる人。
独りよがりに自分の承認欲求を満たそうとせず、わきまえる人。
翔太君を公私ともに全力で応援して。

傍で目立たず陰ながらサポートして。
翔太君に尽くせる人が、必要なんだ。
愛とは支援。愛とは自己犠牲の奉仕。
篠戸るるに翔太君を愛する資格はない。
私には分かる。
だって私は、翔太君を愛しているから。
「幸せものだあ」
お前の幸せのために翔太君がいるんじゃない。
翔太君に必要なのは翔太君を幸せにできる人。

篠戸るる
「もうすぐ私にとって大切な日……待ち遠しい。いちばん最初におめでとうって言お」

翔太君の誕生日、その数日前のツイート。
彼のファンが見ていることを前提に、勘づくように書いている。
匂わせ。意味深。いつものやり口。どこまでも底意地が悪い。
その日は。

お前にとっての大切な日じゃない。

私にとって本当に大切な日。

いちばん最初におめでとう?

私だっておめでとうって伝える。

ツイッターのリプライで日付変更とともに。

イベントでも直接会って心をこめて伝える。

そういえばイベントは八月十三日の日曜日。

翔太君の誕生日当日は八月十日の木曜日。

どうせなら当日にイベントを開催してほしいのに、休日に行われるのは運営側の配慮だ。

たくさんの人が参加しやすいように。遠方からも来られるように。

そう思っていた。

でももしかして。

「えーお誕生日の日は仕事入れないでよ♡」

などと篠戸るるがごねていたとしたら？

「その日は一日、ふたりだけで過ごそう♡」

などと篠戸るるが我儘《わがまま》言ったとしたら？

ああああ。

またしても独占するつもりか。

お仕事を邪魔してでも貫くか。

許せない。

許せない許せない。

許せない許せない許せない。

篠戸るる篠戸るる篠戸るる。

ああああああああああああ……。

「どうしたの、りさ子？」

「え？」

たまちゃんの声で我に返ると、まわりの喧騒が耳に流れ込んできた。

「話聞いてた？」

アリスが尋ねてくる。

「ごめん、ぼーっとしちゃって」

喉が乾燥していることに気づく。額には少しだけ汗がにじんでいた。せっかく直した化粧が台無し。もう一度トイレに行きたいけど手遅れ。この長い列から外れるわけにはいかない。

八月十三日。晴れ。最高気温三十二度。

さすが私の太陽。暑い。

夏男な翔太君にお似合いの本日、彼のバースデーイベントは予定通り開催されていた。

そして私はもちろんその会場にいる。

打ちっぱなしのコンクリートで、古いけど重厚感のある会館。どことなく区役所みたい。建物の奥には小学校の体育館サイズの講堂があり、赤いベルベットの緞帳《どんちょう》と、同じ色合いの真紅の椅子が一面に並ぶ光景は圧巻だった。

一時間のトークショーが終わって、ツーショットチェキの撮影会に移行していた。

参加者は約二百人。その全員と写真を撮るのだから、かなり時間がかかる。参加者は一列になって会場の客席通路を縫うように並んで待っている。列は時々思い出したかのように前進するだけで、時間の進みが異様に遅く感じられた。多くの人はスマホをいじったり友人同士で話しているから、前の人が進んでも気がつかないで止まっていたりする。行列の秩序はかなり乱れていた。

「大丈夫？　緊張しとんの？」

「ううん平気」

私はここへ来る前にチェックしたツイッターのタイムラインを思い返すあまり、またしても思考に没頭していた。考えたくもないのに、私のなかの篠戸るるが勝手に話しはじめる。追い出したい追い出したい追い出したい。

「でも、今日のりさ子、すごいやん」

「えっ？」

「気合い入っとる！」

ニヤニヤしながら私の顔を覗き込む。

「……ちょっと、チーク濃いかな？」

ついつい気合いが入りすぎた。トークショーの後、メイクルームに駆け込んで何度も上塗りをしてしまった。時間をロスした結果、最後方に並ぶ羽目になった。

「うん。可愛い！」

たまちゃんがおだてる。気恥ずかしい。

アリスも、

「イベント仕様～！」

と、私の服を触りながら褒めそやす。アリスは例によって水色ロリータ。

特別な日。

今日のために、ドレスのようなワンピースを新調した。

薄紫のパステルカラーなんて着たことなかったけど、翔太君の演じる原敬のカラーは紫。合わせてみたから周囲から変な色とは思われないはず。

どうせファッションは詳しくないし、あまり派手なお店には足が向けられない。場違いだと店員さんに笑われている錯覚に見舞われる。

だけど今回だけはなりふり構っていられなかった。

翔太君に可愛いって思ってもらえるお洋服を着たい。

そんな願いで辿り着いたのがこのワンピース。

それは篠戸るるがよく着ていたブランドだった。よくブログでコーデを写真付きで紹介している。小規模展開なのか、実店舗が渋谷にひとつあるだけだった。

思うところはある。試着で袖を通すのにも抵抗はあった。

だけどもしかしたら。

翔太君ってこういう服装が好き……？

一旦思いはじめると、もう他の選択肢は消えてしまった。

それに。翔太君が何かを考えるキッカケになるかもしれない。

言葉ではっきりと言うことはできないけど。

この服で「篠戸さんのことを知っているよ」って伝えられる。

正しいかどうかは分からない。どこにも答えはない。

ぐちゃぐちゃな頭で考えた結論が、いま私に、ワンピースを纏わせた。

「りさ子がオシャレしとるの珍しい」

「だって翔太君に、ちょっとでも可愛く見られたいし」

いちばんの想いはそう。

「いいと思う、可愛い」たまちゃんが肘でつつきながら、「翔太君も喜ぶんやない？」

そうかな。そうだといいな。

すがるような心地。

本当に、今日をどれだけ待ちわびただろう。

今日だ。今日に私は賭けていた。

日々追いつめられる精神状態のなかで、翔太君の顔を見て、少しでもお話して、あの太陽みたいな笑顔に安心させられたい。応援する気持ちを、好きって気持ちを立て直したい。私にとって今日のイベントはそのためのもの。

ここ最近はひとり、部屋で思い悩んでは【愚痴垢】たちの言動に翻弄され続けてきた。

「瀬川翔太はもう終わり」

そんな結論ばかりが綴られる。

でも現実はどうだ。

私は会場を見渡して思う。これだけの人がイベントに来ている。みんなが笑っている。

その幸せそうな景色からは、ネットの炎上騒ぎなんてまるで嘘のよう。

ここしばらくは翔太君のツイッターでの発言も少なく、ブログも更新が停止して、心配が絶えなかった。だけど、さっきのトークタイムでは潑剌《はつらつ》と元気にお話してくれて、ちゃんとこの目で元気な姿を目撃できた。

本当によかった。

この目で見たものを信じよう。

見たまま感じたまま信じよう。

心の準備は整った。

翔太君とツーショット。今から最接近。

「てか並び順、替わるよ。りさ子最初に行きゃあ」

たまちゃんが私の腕を引っ張って、三人の先頭に移動させる。

「いいよそんな、私は後ろで」

私は三番目、いつもの配列に戻ろうとするも、壁のように立ちはだかるアリスが、

「いいからいいから」

と押し戻した。

握手会やハイタッチでは、何となく三人のなかで順番ができていて、たまちゃん、アリス、私というのが慣例となっていた。

「こういう時こそ、自分を主張してこ！」

後ろにまわったたまちゃんが言う。彼女は相変わらず会場までカートの持ち込み。狭い通路を封鎖するかのように、足の前に立てている。

「ありがとう」

順番が繰り上がった。

翔太君に近づいているという実感が高まる。

「緊張してきた……」

ちょっとの時間だけど言葉も交わせる。それがどんなに特別で最高なことか。

話の内容は考えてきたけど、どうせまたその場で頭から吹っ飛んでしまう。

きっとありきたりなことしか言えない。それでも嬉しい。

「その格好で『誕生日おめでとう』って言ったら、『あれ？　今日いつもより可愛いね』とか言われたりして？」

たまちゃんもそわそわしている。彼女の笑顔は珍しい。

「やめてよもう」

言いながら、私はつい頬が緩む。

可愛い。成人してからはほとんど言われなくなった言葉。

可愛い。翔太君が私をそう思って見てくれるんだろうか。

「ほら次やよ。りさ子」

長かった蛇の先頭に立った私は、前の子が翔太君に顔を寄せて写真を撮っているさまを見る。

顔が近い、そんなに接近しないで、というか早く終わって。不毛すぎる嫉妬も湧いてくるけど今はそれどころじゃない自分の番に集中しなければええと何を話すんだっけまずはお疲れ様ですじゃなかったお誕生日だそうだよ今日は疲れてなんかいない翔太君のお誕生日を祝うんだ翔太君ハッピーバースデー本当にこの世界に生まれてきてくれてありがとうございます今年もどうか翔太君にとって素敵な一年になることを祈っていますよしよし言えるよかった大丈夫あとは伝えるだけ目を見て伝えるだけだから落ち着いていこう挙動不審にならないように汗もかかないように全身の力を抜いてリラックスそれから深く息を吸い込んで大きく吐きますはい深呼吸うん落ち着いたなどと頭のなかがパニックになっているうちに翔太君が前の子を見送って私のほうを見る。

目が合う。私だ。私の時間、私の順番。

私はゆっくり足を前に。

翔太君に向かって歩く。

翔太君が笑う。優しい笑顔。

ああもう。そうだよ。

その顔が好き。大好き。本当に愛《いと》おしい。

翔太君は私の生きる希望、抱きしめてくれる太陽。

だから翔太君。私と出会ってくれて本当にありがとう。

私、りさ子と出会ってくれて、

「はじめまして」


世界が止まった。

すべてが止まる。

「……え？」

「今日は来てくれてありがとう。ポーズどうする？」

翔太君が聞いている。

声が出ない。目がまわる。指先が冷たい。

何か話さないと。

あれ？

何を言うんだっけ？

決めたのに思い出せない。

私、いま、何してるんだっけ？

「ピースでいい？」

翔太君が、カメラを向いてピースする。

私も同じ方向を向く。カメラを構えた男性スタッフが、レンズを向けている。

すぐにフラッシュの光が私たちに放たれる。

「応援ありがとう。またよろしくね」

流しソーメンのように私は出口まで流されていった。


どうやって帰ったか記憶がない。

私はひとり自宅に座っていた。冷えたフローリングに直《じか》に正座をして固まっていた。

カーテンを開けたままの窓は、とっくに夜で塗り潰されている。

机の上に置かれた、一枚のチェキ。

焼き付けられた私と翔太君の肖像。

完璧なスマイルの翔太君の、隣で。
引きつった無表情で、私はピースサインをしていた。
なんで私、ピースなんてしているの？
ふたりの身体は微妙に離れていて、光の加減のせいか、その隙間が黒くなっている。
どこまでも深い闇のような亀裂。
いつまでも越えられない黒い溝。
「はじめまして」
翔太君の声が聞こえる。
世界が黒い。
まわりも、私のなかも。
ぜんぶが真っ黒。何も見えない。
どうして。
どうしてこんなにも暗くて何も見えないの？
ねえ。誰か。
誰か教えて。
…………。
ああそうか。

分かった。
太陽がない。
私を照らしていた太陽が、隠れている。
またた。また日は没した。
夜がきた。
ここからはずっと。
ずっと、夜が続く。

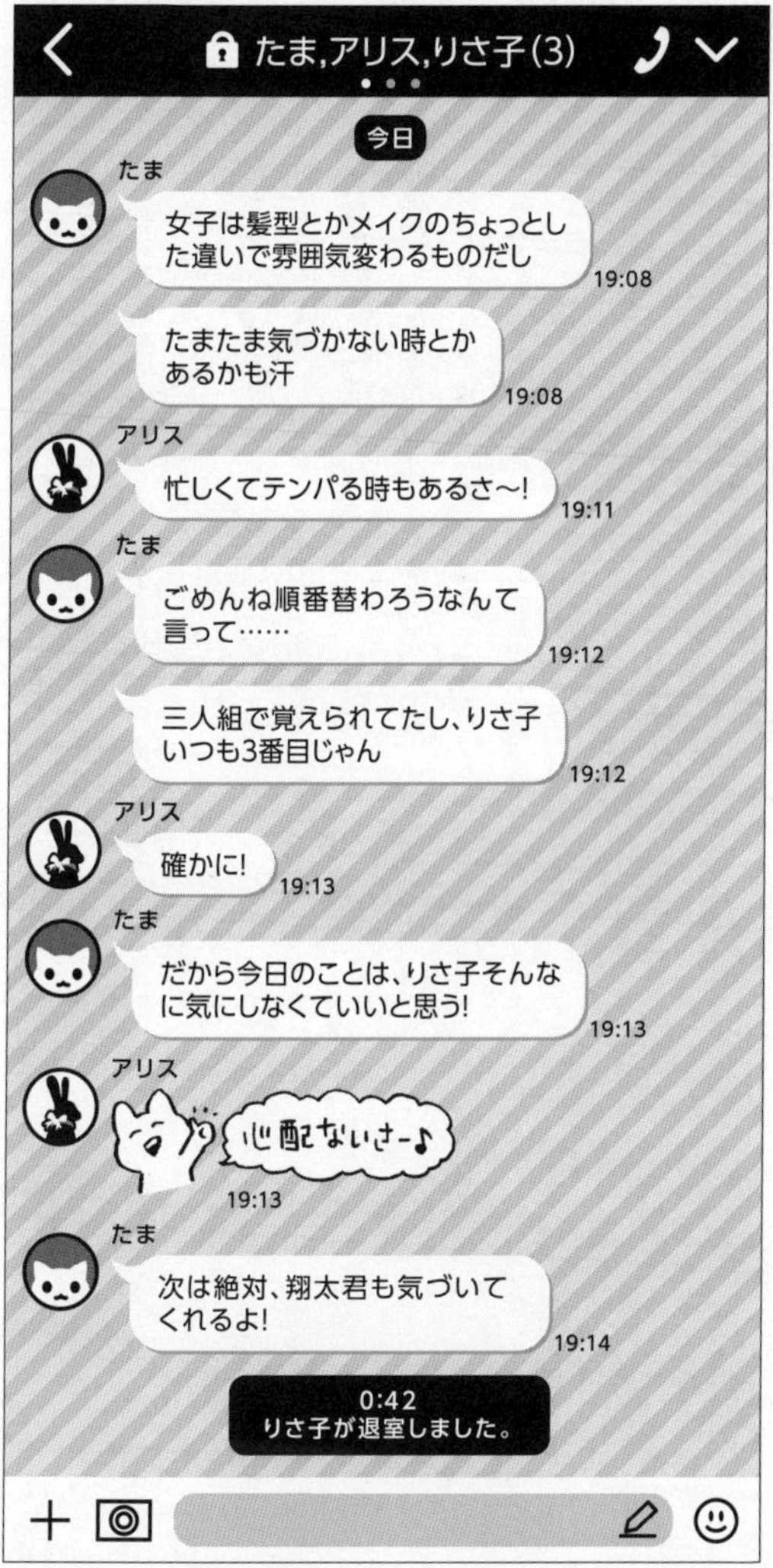
たま,アリス,りさ子(3)
今日
たま
女子は髪型とかメイクのちょっとした違いで雰囲気変わるものだし
19:08
たまたま気づかない時とかあるかも汗
19:08
アリス
忙しくてテンパる時もあるさ〜!
19:11
たま
ごめんね順番替わろうなんて言って……
19:12
三人組で覚えられてたし、りさ子いつも3番目じゃん
19:12
アリス
確かに!
19:13
たま
だから今日のことは、りさ子そんなに気にしなくていいと思う!
19:13
アリス
心配ないさー♪
19:13
たま
次は絶対、翔太君も気づいてくれるよ!
19:14
0:42
りさ子が退室しました。

たまちゃんとアリスのグループLINEを抜けて、ふたりのアカウントをブロックした。ツイッターもフォローを解除、次いで同じくブロックする。

アカウント名も変更。ネット上の「RISAKO.」は死んだ。

これで関係は断たれた。

電話番号も住所もメールアドレスさえ知らない。連絡はとれない。

もういい。

馴れ合いは要らない。

所詮は他人。私の本心なんて知る由もない。

友だちを作れば。

心の平穏が保てるかなと思ったけど。

同じ人を好きな女の慰めは無意味だ。

職場でも。現場でも。

私はやっぱりひとり。

翔太君とも一方通行。

私は。

ずっと、ずっと通って応援してきた。

劇場に会いに行った。

私の顔も覚えてくれていた。

ちょっと特別だと思っていた。

私の見ている翔太君は誰？

私を知らない「はじめまして」の翔太君？

彼女と裏でいちゃいちゃしている翔太君？

もう、何を信じて応援すればいいの？

私は、翔太君にとって……何？

「ファンだよーっ。ファーン」

篠戸るるの声が聞こえる。

甲高い、鼻にかかる耳障りなノイズ。

「ただのお客さぁん！　それ以上でもそれ以下でもな～いの」

私は観客。分かっている。

そんなこと分かっている。

「自分たちで言ってんじゃん？」

目の前に、篠戸るるの顔が浮かぶ。

何十枚、何百枚と見た画像と同じ。

「『沼にはまって抜け出せない私たちはＡＴＭ』なんでしょ～？」

篠戸るるの全身が顕わになっていく。
ニットからこぼれそうな、深い谷間。
ショーパンから覗く、細くて長い脚。
「私たちのために、これからもい～っぱい翔太君にお金使ってね？」
誰かの腕に巻きついている。
誰だ。その隣にいる男の人。
……翔太君？
「私たち、幸せになりまーしゅ」
篠戸るるは勝ち誇ったかのように高笑いを響かせて、私の視界から姿を消した。
翔太君と一緒に。
目の前には誰もいない。
私がただひとり。ここにいる。
篠戸るる。
そうだ。そうなんだ。
分かりきっていたこと。
全部。
「全部、お前のせいだ」

翔太君のことを好きになれたのも縁。
だから私は。私の、するべきことは。
彼の未来を絶対守らないといけない。
見ててね、翔太君。私、頑張るから。

ねえ翔太君。
私、翔太君を本気で愛している。
ねえ翔太君。
私の愛を、知ってください。

12 稽古場

「……そうだな」

賢護さんが、僕たちに向き直る。

そうして僕らは、語られる。

語られなければ、知らなかった物語を。

「こういう場でもないと、話せないしな。まだみんなと距離感あるって思ってたし、いい機会だから俺の口から言っておくよ。俺がどうして役者辞めることになったのか。あれは、そう。ひとりの、ファンの子がきっかけだった——」

賢護さんが、一息置く。

「俺はファンとの距離が近かった。出待ちの子と一緒に駅まで歩いたこともある。下心なんかない。それくらい別にいいと思って。応援してくれるのは嬉しいから、この子たちが喜ぶならって。誰も特別扱いはしていなかった。俺は、役者だけど芸能人のつもりはないから、目の前にいる、舞台を観に来てくれた人をめいっぱい大切にしようってな。……甘かった。すべて俺の甘さが招いたんだ。

　ある日、俺に恋人疑惑が出た。ネットでいきなり噂になっていた。俺はあんまりネットとか、今でもそういうのは得意じゃないから最初は気がつかなくて、知り合いに教えてもらってはじめて知った。お相手とされたのは、役者仲間の女優だった。後輩で、学生時代からの付き合いだから、仲がよかったけど、そういう浮いた関係じゃない。どうしてだか、一方的に、彼女だ彼氏だと騒がれて。誰が言い出したかも分からないし、出どころも特定できないまま、どんどん広まっていった。所属していた事務所に相談しても、まだマスコミが騒いでいるわけじゃないし取材の申し込みもないから、そんなもの無視しろってあしらわれて、取り合ってくれない。所詮は、匿名の連中が面白おかしく書いているだけだからって。確かに私生活に影響も出ないし、噂がオーディションの審査結果に響いたりとかは、たぶんなかったと思う。その時はまだ……。

　それはボヤにすぎなかった。燃え上がるのはここからだ。一連の騒ぎに火をつけた、ひとりの女の子がいた。いつも舞台を観にきてくれて、イベントでも顔を見かけた、緊張しながらしゃべる、普通の子だ。その子がネットに、俺とのツーショットをあげた」

　え？

　ツーショット？

　プライベートの？

「本番終わりに、ひとりバーで飲んでいた時、居合わせたことがあってな。『偶然ですね』ってなって。軽くしゃべって、ふたりで記念に写真を撮りたいって言うから撮ったことがあった。いま思えばそういう不公平なことはタブーなんだが、まあ俺も本番終わりで高揚しているところに酒も入っていたし、いいよいいよって許してしまった。

そしてその写真がネットで出回った。

居合わせたなんて、偶然じゃなかった。当たり前だ。劇場から俺のあとをつければ一発だ。俺たちは絶対に稽古場に行くし、劇場から出てくるからな。その気になればどこまでも追跡できる。その子が、ネットで嘘の告発をはじめたんだ。写真は自分の顔はモザイクで隠して、匿名アカウントで『浮気だった、自分は遊ばれた』と騒ぎ立てた。それからブログで、ありもしない俺とのデートの思い出を書き綴っていった。まったく事実じゃないのに、妙に細部までリアリティがあって、俺は読みながら背筋に汗が流れた。彼女疑惑から、ファンに手を出した二股野郎になった。『炎上』ってやつさ」

本当に？　それくらいで信じるか？

むしろそのアカウントが叩かれそうだ。

いつの時代にも妄想女は一定数いる。そういう「痛い」連中の妄言虚言の類をいちいち真にうけるほど、ネットの民も暇ではない。真偽の定かでない情報が洪水で押し寄せるのだから。

賢護さんは下を向いて笑った。自分を自分で笑うかのようだった。

「結局、面白いほうに燃え上がるんだ。事実、俺は大バッシングにあった。弁明する機会なんてない、黙っているところを一斉に殴られるような……もうあれはサンドバッグにでもなった心地だな。二股って言葉もキャッチーだった。相手の女優も、アイドル路線で売り出し中で、向こうのファンからもいろいろ言われたな。指輪がお揃い、部屋の壁紙が同じ、ブログをあげる時間帯が一緒。全然違うのに、いったんそうなると全部が疑われる。しかもそれで終わりじゃない。まだ続きがある。次は……週刊誌が動いてしまった」

一同が息をのむ。

稽古以上に張り詰めた空気が、夜の稽古場に漂っている。

「俺みたいな舞台役者がスキャンダルに絡むなんてな。まったく無縁だと思っていたが、ある日の稽古帰り、突然物陰から現れた男たちにシャッターを切られながら、質問攻めにあった。はじめは女優の件だと思っていたが様子がおかしい。記者の言葉を聞いていくと、どうやら手を出したというファンに関する取材だった。

その時はもういきなりのことで、とにかく否定するので精いっぱい。翌週に気になってその週刊誌を買ってみたよ。表紙には特に何も書いてなかった。コンビニから持ち帰って家で開いてみると、後半のモノクロページにあったよ、俺の記事が。見出しは今でも一言一句忘れない。『イケメン俳優の性処理ファン食い生活！～おもちゃにされたR子さんの赤裸々告白～』ファンだったR子さんが俺にいいように使われて捨てられたという内容のインタビュー。酷い内容だった。女性を人間扱いしていない、自分の都合とエゴだけで女性を利用する狡猾《こうかつ》な男の実態が綴られていた。

もちろん嘘だ。だけどそこにはしっかり俺の名前と写真が載っていた。突撃取材された時の、映りの悪い写真。困惑して、びびっている情けない自分の顔。醜悪に見えた。自分ですら、こいつは何か凶悪犯罪の容疑者なんじゃないかって印象を受けるくらいにな。俺の言葉は掲載されず、記事の最後に『本人に事の真相について取材を試みるも、頭ごなしに否定した挙句に逃走を図られた。我々は引き続き、R子さんの無念をはらすためにも取材を継続する』としめられていた。

効果は絶大だったよ。ネットニュース化された同じ記事が情報源となって、あらゆる噂の後ろ盾となり、今までただの嘘八百だったものが『真実』として根拠づけられた。妄想ブログもすべてが事実として認められ、匿名の愉快犯が量産されてまた類似のフェイクニュースを書き散らし、俺と名乗る他人が何人も現れては大暴れ。あらゆるところに情報が拡散する。止める手立てはなかった……。

ネットは怖い。嘘か本当か分からないことを散々書き込まれて、書き込まれた言葉を消す人はいない。俺が事務所に勧告され、表向きは『自主的な契約終了』というかたちでクビになり、芸能活動から引退してほとぼりが冷めても、その騒動の顚末は文字として永遠にインターネットの世界に刻印される。歴史となって語り継がれる。誰も、祭りの後片付けはしない。ゴミだけがずっと残る。俺のことを何も知らない、当時のことを知らない、遅れてやってきた人たちは、その散らかったゴミだけを見て、俺を一方的に嫌悪する。こうなったら終わりだ。どうにもできない。いまだに新しく誤解される。炎上ってのは燃え殻になった後のほうが地獄なんだ。そう、飽きられてからも地獄は続く。それに――」

急に言葉が途切れ、僕は賢護さんを見る。

周囲も同じような反応だった。

見ると賢護さんは震えていた。

思いつめるような目が、目じりの皺のなかへ窪《くぼ》んでいる。缶ビールを置いて立ち上がる。みんなが戸惑いつつも固唾をのんで見守る。賢護さんはそのまま歩き出し、稽古場の出口まで近づいて、そっと扉に耳を当てた。ドアノブに手をかけ、ひと思いに開ける。薄暗い廊下へと光が漏れた。誰もいない。それはそうだ。もう制作スタッフも帰ってしまっている。ここにいるのは僕ら役者だけ。

「賢護さん……？」

孝介さんが、おそるおそる声をかけた。

「いや、すまん。思い出すと今もこうだ。でもな、週刊誌の取材は結局一度きりで、それから記事になることもなかった。ネットの炎上も精神的にはこたえたが、我慢できた。ただどうしても耐えられないものが他にあった。本当に辛かったのは……つきまといだ」

つきまとい？

まだ話は続くのか？

「誰かがずっと俺を見ている。家でも外でも、どこにいても四六時中、誰かの視線を感じる。姿は見えないのに、確かにいる。手紙とか、そういう証拠は残さない。だから確証もない。でも確かに、誰かに見られていた。誰かが俺を見ていた。それは自信をもって言える。心が休まらなかった。家にいても、今まさにドアが開けられるんじゃないか。あの怖さは、実際に経験した人間じゃないと、きっと分からない」

「ひどい……」

ゆっこさんが呟く。

泰平さんが、

「警察には言いました？」

と尋ねた。いつもの飄々とした雰囲気はなく、真剣な顔つき。

瑛太郎も孝介さんも同じ。みんないつの間にか、当事者として話を聞いている。

同じ業界人として身につまされるものがあるのだろう。

特に瑛太郎は、思い当たる節がありすぎるのか顔色が悪い。焦りすら見てとれた。

かく言う僕も、まったく平然としていられたわけではない。

「被害届を出そうとも思った。でも実際、警察署に相談に行っても無駄だった。本名も住所も分からない、そうなると警察は動けない。家の近所を巡回はしてくれたけど、成果はなかった。ナイフで刺されたわけでもない、目に見える被害は何もないし、俺が男というのもあって、難しかった」

重たい沈黙。

誰もが口を閉ざし、物思いにふけっている。

耐えきれなくなったのか、

「ガチ恋ファン怖いっすね！」

瑛太郎がおちゃらけて言った。

「ガチ恋ってか」泰平さんが言う。「ストーカーだよ。そんなのファンじゃない」

「そういう分け方は意味ないよ」

賢護さんが再び口を開く。

「当時も言われた。『本当に好きならそんなことしない』って。『ガチ恋はこうだ』とか『ファンなら』『ストーカーなら』とか、そうやってカテゴリーにくくったところで何の意味もない。相手はひとり。目に見えないけど、確実に存在している特定の個人で、俺はその人の、心の闇に向き合えなかった。だから逃げた。事務所からの勧告を素直に聞き入れ、俳優業から足を洗った。俳優を続けることと、いわれのない悪口に晒されてプライベートでつきまとわれること。このふたつを天秤《てんびん》にかけて、俺は気持ちが萎えてしまった。こんな目に遭ってまで芸能界にいようと思えるほど俺は強くなかった。

……あの子の本当の怖さは、ネット攻撃での炎上じゃない。あの子は、自分の足で行動した。俺のストーカー被害がネットで話題に出ることはついになかった。俺とその子以外は誰も知らないわけだし、何より俺は『加害者』だからな。現実に行われているストーキングが、ネット上では認知されていない。ネットでは叩かれ、リアルでは気が休まらない。寝ても覚めても、どこにも逃げ場が、居場所がないんだ。

大げさに聞こえるだろう？　でも当時の俺は、何もかもどうでもよくなるくらい、深いところに落ちていった。高校卒業してから上京して、劇団に入って役者はじめて一筋、ずっと俺には、舞台しかなかった。生きがいだった。十年やって、ようやく食えるようになったのに、一瞬で何もかも失った。未練を残して結局こうやって舞い戻ってくるほどに俺はこの仕事が好きだし、諦めきれないって今だから分かる。だけど当時は本当に無理だった。折れてしまった。あの地獄の日々から抜け出せるなら何だって捨てようそう思った。俳優人生を捨ててでも、心の安らぎが欲しくなった。だから引退を選んだ。

弱い奴だったよ」

そうして賢護さんの話は終わった。

ガチ恋ファン。

その不思議な言葉が、いつまでも頭にねっとりと絡みついてくる。

俳優とファンは、本来は一方通行の関係だ。

僕がひとつの舞台に出れば、秋山悠を目当てに五百人以上が劇場に足を運ぶ。観に来てくれる。ツイッターのフォロワー数はもうすぐ六万人。僕がネットで言葉を発すれば、またたく間に拡散して、何十万人が目にする。

多くの人が僕を知っている。

だけど僕はファンを一人ひとり識別することはできない。昔から通ってくれる子や特徴のある人たちはともかく、ファンの全員を認知して関わることなどできるはずもない。

ファンへの感謝は忘れない。

だけどファンというのは集合体。数が膨らむほどに、すべてのファンを「ひとつの応援」として感謝する。ありがとうって思う。

お互いのことを知るために、僕らは活動しているわけじゃない。同じ場所に生きていないから、恋愛対象にはなり得ない。それを履き違えてはいけない。

なかには瑛太郎みたく「特別な関係」を持ってみたり、賢護さんのように「親しみやすさ」を売りにする。そういうことはあるだろう。
その結果がどうだ。
歪みが生じてしまう。
応援する側とされる側。この特殊な関係に、ハッピーな結末があるとすれば。
それは決して「ガチ恋」しないことだ。
ひとりの人間としての何かを、求めないことだ。
僕は恋をしているあなたのことを知らない。
あなたが恋していることに気づけていない。
僕らは俳優の仕事をまっとうする。邁進《まいしん》する。
彼女たちの応援には、その全力の姿で応えるから。
女のファンが、俳優を男として恋してはいけない。
僕はただ、そう思った。

稽古場は静かだった。話し終えた賢護さんは、急にピッチを上げて二缶目のビールに手を伸ばした。この奇妙な空気から逃げるように、けれどどこか晴れやかな顔つきで、
賢護さんはアルコールをあおっていた。
孝介さんは、

「そうだったんですね……」

そう独《ひと》り言《ご》ちて、沈痛な面持ち。

瑛太郎までもが、

「すみません。俺、余計なこと聞きました」

と頭を下げた。

「いや、いいんだ」

賢護さんはビールを一口飲んでから、

「復帰前に聞いてもらえてよかった。これで、良い本番が迎えられる」

つられて僕もビールを飲む。握っていた手の温度でぬるくなった炭酸は、喉に心地よくはなかった。

孝介さんが勢いよく立ち上がり、

「俺、今回の公演マジで良いものにできるよう頑張りますから。マジやりますから！」

「俺も！」

瑛太郎が続く。ゆっこさんも無言で頷いた。

「はは、ありがとう」

「お前らだけじゃねえから」

泰平さんまでもが同調する。

そういう熱血クサいのやめましょうよ。普段の僕ならこう言っている。

だけど僕は水をさしたいのを堪《こら》えて、

「そうですよ、前向きに行きましょ」

と、賢護さんを向いて励ます。

内心、拍子抜けだった。

馬鹿正直に弱みを曝け出すかと思いきや。

現れたのは摑みどころのない、中途半端な自己弁護。

今の話にどれほどの信ぴょう性があるかは不確かだ。

本人から語られる真実は、主観と釈明が入り混じる。

実際に女優との交際があったかもしれない。

本当にファンと一悶着《ひともんちゃく》あったかもしれない。

要は加減の問題だ。火のないところに煙は立たぬ、誤解されるような言動や行動がなかったとは断言できないし、賢護さんを百パーセント可哀想な被害者と思うほど僕も清らかではない。真実なんてどこにもないのだ。

ただ言えるのは。

ネット炎上の怖さと、暴走するファンの恐ろしさ。

賢護さんの「誰も祭りの後片付けはしない」というくだりは核心に迫っていた。

僕らが普段当たり前のように利用しているSNS。

宣伝にも知名度アップにも欠かせないツール。

今どき利用していない役者のほうが少ない。

計り知れない恩恵を与えてくれるが、同時に破滅も容易《たやす》く呼び込む。

まさに諸刃《もろは》の剣。

リアルとバーチャル。僕らはふたつの世界を行き来しながら生きている。

だけどバーチャルの世界で僕らができることは限られる。

ネットの世界を制御できる人間なんて誰もいない。

だからある時ふと逆襲にあう。

強大な力にすぐ呑み込まれる。

バーチャルで致命傷を負えば、リアルでも無傷ではいられない。

「でも」

瑛太郎が切り出す。

「でも、結局そのファン。顔だけで、名前も分からないんですよね？」

「そうだな。本名は知らない」

「じゃあ、今もどこかにいるってことですか？」

やはり考え至るのはその点だ。

賢護さんの復帰を、嗅ぎつけていないとは思えない。妨害工作や、また同じ迷惑行為を被る危険もあるだろう。

「そうかもな。でも、どうだろう。もう俺を見てはいないかもしれない」

確かに現状、彼へのネガティブキャンペーンはそう多くない。二年前に大炎上したわりには、過去を持ち出して糾弾する風潮も感じられない。

炎上地獄は、思ったよりも延焼しないのか？

今のネットの流れは速すぎる。祭りが多すぎる。簡単に燃えては、すぐに次のターゲットに移る。

賢護さんは、そういう情勢を読んだうえで、復帰に踏み切ったのだろうか。だとしても、この復帰一作目。尋常ならざるプレッシャーに違いない。

「それにな。もしかしたら、いまは別の相手に、同じことをしてるかもな」

これには男性陣がざわついた。

「ええ？ それだけ賢護さん命だったのに？」

瑛太郎が真っ先に異を唱える。

僕も同じ気持ちだ。

そこまでしておいて乗り換えって？

さすがにそれはないいんじゃないか？

「やー、分かんないよ」

ゆっこさんが口をはさむ。

「女はそういうとこあるよ。まあ確かに、女は一途《いちず》になりやすいってイメージあるけど」

「男は何人もアイドル追っかけている人いるしな」

孝介さんが言う。DD、誰でも大好きってやつだ。

「そうそう。でも女は代わりに、切り替えが早いから。好きじゃなくなる時は一瞬だよ？　あとはもう無関心」

「俺を見て言うな」

泰平さんが眉をひそめる。カップルのおふざけで少し場が和んだ。

「しかもその一件で、本人は『修羅場をひとつくぐった』くらいに思ってるかも。だからもっと過激になっててもおかしくない」

「脅かさないで……」

あからさまに及び腰の瑛太郎。

「なんで、そんなことするんですかね？」

僕は純粋な疑問を口にした。

今度は視線が一斉に僕へと注がれる。

「や、だって好きな人に嫌われるだけで、意味なくないですか？」

「俺にも分かんねえわ」瑛太郎が味方する。「そういう人の心理」

「分かるよ」

だけど賢護さんは、

「俺には分かる」

はっきりと断言した。どこか澄んだ瞳をして。

「だから俺は引退する時、メッセージを残した。せめて最後に届けばいいと思って、引退のメッセージにそれを書いた。伝わってほしくてな。俺もあの子と同じだったんだ」

「同じ？」

僕は尋ねる。

「そう同じだ。俺もあの子も、みんな――知ってほしいだけだった」

第二幕

スマホは一日中触ってしまう。部屋でひとり孤独を感じたくないから。

白い壁を見つめても、心の隙間は埋まらない。

友人とLINEスタンプを送り合うだけでも。

おじさんたちからのブログコメントを読むだけでも。

ツイッターで「いいね」が増えるのを眺めるだけでも。

誰かと繋がっている実感が得られる。

大丈夫、相手は誰でもいい。

どうせほとんどの人間と生身で触れ合うことなんてない。

だから顔見知り程度の同業者だろうが、きわどい画像が見たいだけのオタクだろうが構わない。

刹那的な埋め合わせ。

私は小さな承認欲求を満たしながら、日々生きてきた。

私は時間を確認する。十九時五分。二分前に見た時より、二分だけ進んでいた。

もうそろそろ彼が帰ってくる。

同棲して半年。私が自分のマンションを引き払い、ここに引っ越してもうそんなに経つ。1DKの、小さなお城。築年数はそこそこだけど中央線沿いの駅チカは便利。一緒に住んでしまえば人目を気にせず自宅で毎日甘えられる。当時はそう思っていた。彼の不在時に部屋でひとり過ごす寂しさを、まだ知らなかった。

こういう時。


頼りはSNSだけだった。

それなのに最近はツイッターを開くのも恐ろしい。

赤の他人から絶え間なく届く人格否定の罵詈雑言《ばりぞうごん》。


職業柄、いろいろ言われるのには慣れていた。

肌を顕わにした写真や映像を撮られるのが仕事と割り切って。

昔からそう。もう散々な言われよう。ブスやらババアやら、体型がどうの、枕営業の常習犯、現場では男を食い荒らす、すぐヤれそう、大物との愛人契約、パパ活マスター、風俗で働いている……そんなのは日常茶飯事。

今まで、気にしたこともなかった。

だけど。
「記事」が出てからは心境が一変した。

人気グラドル 篠戸るる(26)をめぐり

2nd写真集の発売も決まり、グラドルとして絶好調の篠戸るるクン(26)。多忙なスケジュールを極める彼女だが、私生活では熱愛同棲中と本誌は突き止めた。

深夜1時の西荻窪。行きつけのバーで遅くまでしっぽり飲んだふたり。手を繋いでお互い密着しながら、「愛の巣」へと帰っていく。そのいちゃつきぶりをカメラが捉えた。まるで前戯がはじまっているような淫らな動き……。ここ最近、るるクンの妖艶ボディーに磨きがかかったのは、毎晩たっぷり愉しんでいた効果だろう。

気になるお相手は俳優の瀬川翔太(24)。現在、舞台を中心に活躍中の若手ホープだ。「年下の男の子」はさぞかし性欲旺盛に違いない。今年はじめ、舞台『政権☆伝説』で共演したのをキッカケにふたりの交際がはじまった。

「性剣の争い」勃発!?

イケメン俳優

業界をよく知る関係者は次のように語る。

「彼女の男好きは、昔から有名ですよ。いま話題の人気ゲーム原作の舞台に出演したのも、プロデューサーのM氏に『枕営業』で取り入ったから。稽古場では胸を強調した服装で、男性俳優たちに自慢のカラダをひけらかしていました。あっちこっち気があるそぶりを見せては、男たちを手玉にとっている姿は流石《さすが》でしたねえ……笑」（舞台関係者）

最終的には瀬川とくっついたが、噂によると同時に複数の共演者とも肉体関係をもっていたというから驚きだ。

華やかな人気舞台の裏側で、男たちの「性剣」をもてあそぶ一人の女がいたのである。

彼女は現在、六本木のラウンジ「ラヴ・アーカム」にも勤務中とのこと。同棲生活だけでは飽き足らず、交際クラブでパパ活にも余念がなさそうだ。若い男の「短剣」では満たされないのだろうか。紳士諸君、今こそ熟練工の「太刀」を振るうチャンスかもしれない。

人気グラドルの赤裸々プライベートを本誌ではさらに追う。

「愛の巣」へと帰っていく二人——

使われている写真……。

私と翔太がマンションに入っていく後ろ姿を撮られている。

尾行された挙句に撮影されたのか、ずっと張られていたのか。真相はわからない。

ネットニュースが掲載されたことで、騒ぐ人の数が激増した。彼のファンだけならまだしも、芸能ゴシップ好きは数えきれないほどいる。私を知らなくても関係ない。世の中には、芸能人というだけで叩きたがる人種が生息する。

芸能人には人権がない、有名税だ、人気商売だから売名になるだろう。

そうやって正当化して、面白おかしく大多数でいたぶる。

匿名の集団ネットいじめは、もはや一大娯楽として定着している。

あり得ない。本当にあり得ない。

書いてあることも嘘ばっかり。「業界をよく知る関係者」って誰？　店の名前まで書かれたことで、勤務しているラウンジにも冷やかし客が来た。別の店舗に移されるのも時間の問題。

この前のグラビア撮影でも、カメラマンのおっさんに、ずっとにやにやされていた。撮りながら「いいねえ、お盛《さか》んだと盛《も》れちゃうねえ」だって。馬鹿にしている。

私は無意識にスマホを見る。

中毒の自覚はある。癖になっているから、手放せない。自分の名前で検索すると、

「篠戸るるは、翔太君の才能や人気に寄生しているだけ。貢ぎもしない、応援にもならない、ちょっと見てくれがいいだけの無価値な女。翔太君にとって邪魔な存在」


ダメだ。この程度で気が滅入る。

なんで見ず知らずの他人にここまで言えるんだろう。

傷つけている感覚はないのかも。ぶつけて、吐き出して、その先を想像しない。画面の向こう側に「人間」を想定していない。私も人だ。何か言われれば悲しくもなる。

精神的に弱っているとスルースキルも衰える。

こんなになるなんて。

私の予想をこえた「炎上」だった。

翔太も批判の的になっている。彼女がいるのを隠していた卑怯者《ひきょうもの》らしい。

そんなの、いないって言うに決まってる。

「彼女います」って言ったら怒るくせに。そういう奴に限ってちゃっかり恋人がいたりする。自分は彼氏を作ってよくて、翔太みたいなイケメン俳優は禁欲しろなんてワガマ

マかよ。こっちも人間なんだけど？　可愛い女の子とかっこいい男の子が毎日稽古場で顔を合わせて、狭い空間で一緒に過ごして、お互い頑張る姿を間近で見ている。好きになっても不思議じゃない。いわば「オフィスラブ」。それくらい想像力をはたらかせて。

ガチ恋、リアコと呼ばれる存在も最近知った。

ガチで恋している。リアルに恋している子。

びっくり。

いつか本気で付き合えると？

劇場で観ているだけの相手と？

イベントで握手しているだけで？

わきまえてほしい。

ファンはファン。それだけ。

応援するのは自由。お金を使うのも自己責任。

私たちは演技というパフォーマンスで応える。

それ以上の見返りを求めるのはルール違反だ。

翔太を心配するそぶりの彼女ヅラ女にも呆れる。

何目線？　何様？

私がいるから翔太はお仕事を頑張れる。

同棲して、家事も分担して、経済的にもお互いが支え合って。

そうすることで本業に集中できる。

ウィンウィンの関係を築いている。


「匂わせ大好き篠戸るるちゃんのせいで危機感ガバガバになった瀬川翔太君」


こうやって、わざとフルネームで検索に引っかかるようにして、私に読んでほしくて仕方ないのだろう。暇人どもめ。

匿名なのをいいことに。

アカウント使い分けて。

都合のいい時だけ「私は一般人です、芸能人とは違います」って予防線を張って、そういうところが気に入らない。

顔を出せなんて言わない。だけど最低限、ネットの「一人格」として同じアカウントで話しかけて、同じアカウントで文句を言えばいいのに、それができない臆病な人たち。

そんな姑息《こそく》な連中に負ける私じゃない。

炎上したって関係ない。口先だけで、何にもできないくせに。

私は翔太を守る。

私に矛先が向いても別に影響はない。若い女に嫌われても、グラビアの仕事は減ったりしない。フィールドが違うから大丈夫。

問題は翔太。

ファンの数が減ると、プロデューサーも起用をやめてしまう。

とにかく一度、本腰を入れて翔太と話さなきゃ。

炎上騒ぎについて戦略を練る必要がある。

私はテーブルのお菓子ボックスから、キャンディーを取ってソファに寝転がった。封を開けようとして思いとどまる。そう言えば、引き金はこのキャンディー。私が冗談のつもりで飴《あめ》を舐めている自撮り画像をアップしたら、彼のファンが異常なまでに食いついた。確かに翔太がファンからもらったプレゼントだけど、彼は甘いものが苦手。ちゃんと調べて差し入れすればいいのに。捨てるのはもったいないから私が食べて「処分」してあげている。食べ物を粗末にしないことを褒められてもいいくらい。だいたい、こんなキャンディー普通に駅ナカで売っている。結びつける方もどうかしている。絶対的な証拠もないくせに決めつけて、一方的に叩きやがって。

私はキャンディーを、側《そば》にあったダストボックスに投げ捨てる。

ふう。ため息をついて時計を見やる。時間は全然経ってない。

私は不安になってくる。

最近、変な感じがする。近所を歩いていても視線を感じるし、誰かが後ろにいるような感覚。三流記者が付け回しているのかも。ツイッターで最寄駅が特定されてから、変に意識してしまう。翔太は「思い過ごし」って言うけれど、私の嗅覚は「経験」からくるものだ。

間違いない。

誰かが、私たちを監視している。

ふたりの生活を監視している。

まさかとは思う。

所詮はネットであれこれ言われているだけ。

だけどもし。万が一。

実生活のプライベートまで。

私生活が脅かされるとしたら……。

がちゃがちゃと、玄関の鍵が回った。

よかった。翔太が帰ってきてくれた。

私はリビングでそのまま待つ。ドアを開けて翔太が入ってきた。

おかえりと言いかけて、私は動きをとめる。

翔太が、手にビニール袋を提げている。

「しょーくん、それ何……?」

見たところ普通のコンビニ袋だけど、翔太はあまりコンビニに立ち寄らない。添加物を嫌い、体調管理に気を遣って、食べるものはスーパーで休日にまとめ買い。飲み物でも買っただけ?

「ああ、これ。うん……」

明らかに声がブレる翔太。わかりやすい。私は胸騒ぎをはやく鎮めたくて、強引に手を伸ばした。翔太はその手を避けるように、ビニール袋を腰の後ろに隠す。ガサガサっと、虫が這《は》いまわるのに似た音が鳴る。

「どうしたの?」

「うん。言おうか迷ったけど……」

私の追及に観念したのか、翔太は恐る恐る、袋を私に差し出した。

受け取って中を覗く。変なものは入っていないような……念のため、しゃがみこんでテーブルに中身を並べた。サンドイッチ、ウィダーインゼリー、レッドブル。どれも普通の、ただ翔太の暮らしには登場しない品々。私の違和感はさらに増大する。

「玄関に、かけてあって」

「え?」事態が呑み込めない。「どういうこと?」

「ドアノブに、引っかけてあった」

私は寒気立つのを必死にこらえて、

「ドアノブって、うちの？」

「うん。そこの」

翔太が玄関を指す。リビングの開けられたままのドアから、薄暗い扉が見えた。重苦しいそれが急に開く想像をして、私はびくっと体を震わせる。

「るる、大丈夫？」

「平気……」

平気なわけがない。

理解が追いついていない。

どうして玄関にこんなものが。

オートロックなのにどうやって。

いつの間に。いったい誰が。どうやって。

いくつもの疑問に押しつぶされそうで、パニックになりかける。

「っていうか、そのレッドブル……」

翔太が途中で言うのをやめる。

「何？」

先を促してしまう私。

聞きたくないのに。知りたくないのに。

「いや、まだ冷たいなって……」

言われて気づいてゾッとした。きんきんに冷えたレッドブルには水滴が付着していて、まだ私の指にその湿り気が残っていた。マンションの廊下は半分屋外になっている。もちろん冷房なんて利いていない。暑さの残る八月の終わり。この時間帯なら、すぐに生温かくなってしまうはず。

翔太の帰宅のタイミングをはかって、置いていった。

そういうことになる。

「誰かが私たちの部屋の前で落として、それを誰かが拾ってドアに掛けたのかも」

私は無理のある作り話を展開する。自分でも信じられないのを知りながら。

「稽古場にも、同じものがあったんだ」

「えっ？」

「昨日、稽古場のドアの外に、これと同じものが置いてあって」

「何それ？　そんなこと聞いてない！」

つい大声をあげてしまう。

「だって、宛名がなかったし、誰かの忘れ物かと思ってそのままスタッフに渡したんだけど」

「うん」

「結局、誰のものでもなかったらしくて……いや、るるを心配させたくなかったし、俺に対してかも、わからなかったから」

言い訳を並べる翔太。

ふたりの荒い息が、交互に奏でられている。

翔太は私の指にぶら下がったままの袋を取って、テーブルのものを入れ直した。

「とにかく、捨ててくる」

「待って」

玄関に向かう翔太を呼び止める。

「ごめん。こんなの家に持ち込んで」

「いいから部屋にいて。それはキッチンのゴミ箱でいい」

「でも」

「いいから！」

まだ犯人が潜んでいるかも。夜道に出るのは危険。私は呼吸を意識して整えながら、翔太を問いただす。

「ねえ、つけられたりしてない？」

「大丈夫」

「ほんとに？　気配しなかった？」

「大丈夫」

そう繰り返して翔太は、リュックを降ろしてソファに沈み込んだ。ふたりで住む記念にIKEAで一緒に選んだネイビーのソファ。私のジェラピケの自撮りが映えるってはしゃいでいた思い出だけが、虚しく心に残っている。

体温が抜け落ちたような翔太の顔。前より顔が細くなった。ううん。やつれたのは私も同じ。ダイエットせずに四キロの減量に成功。胸の脂肪も磨《す》り減っていた。お肌だって荒れ放題。コンシーラーでごまかすのも限界だ。

私は本題を思い出す。レッドブルのことは一先《ひとま》ず忘れよう。

私は翔太の横に座ってから、

「炎上のことだけど」

と、切り出した。けれど翔太は、

「ツイッター見るのやめよう」

だなんて、そっけない。すっかり及び腰。

目を背けても騒ぎは収まらない。すはやく対策を講じないと取り返しがつかない。

火事が起これば消火する。火を前にしたら、そんなの当たり前。

このままでは焼け野原になる。

だからふたりで協力して、何とか——。

その時。

ぱっと視界が揺らぐ。またたく光を、私は目の端にとらえた。気づいたら翔太も同じ方向、閉めきったカーテンを向いていた。

まさかと思う。

だけど私ははっきりと聞いた。カメラのシャッター音。ちゃんとした高い機種じゃない、スマホでもない。あれは恐らくインスタントカメラの……久しぶりに耳にしたけど間違いない。

私はカーテンの奥を想像する。

この部屋で鳴るはずのない音。

小さなベランダに、誰かが?

翔太が前に進んで、勢いよくカーテンを横にスライドさせる。

そこには。

ふたつの人影。

心臓が飛び上がるも、それは反射した私と翔太のシルエットで、真っ暗な窓の外には何もなく、近づいて目を凝らしてみても、誰も隠れてはいなかった。

「違うよ……」

翔太が言う。

私も思う。ここは八階。侵入できるはずもない。

「うん。そうね……」

じゃあさっきの音は何？　幻聴？　ふたり揃って同じ方向から？　それにちょっと雷みたいに外が光った。カーテンを閉め切っているのに光る？　どうして？　ああもう全然理解できない。

「ごめん、俺のせいで」

「ううん」謝ってほしくない。「しょーくんは悪くないよ」

「警察に相談行こう」

しっかり見据えて、決意を伝えてくる翔太。

「だから何度言わせるの、こういう時はあてにならないの警察は！」

この議論はもう三回目だ。つい一昨日も、彼は深刻な顔で警察という単語を口にした。

「絶対に動いてくれないから。あいつらは事件が起きないと動かないの」

私は一昨日と同じ結論を述べる。それでそのまま話が終わっていた。

「そんなのイメージだよ。実際、今はストーカー規制法があるから」

自分なりに調べたのだろうか、今日は食い下がってきた。

だけど。

「しょーくん」

「何？」

「ストーカー規制法で警察ができるのは、まずは相手に対して口頭での警告だけ。警察っていうのは、相手が明らかな犯罪行為をしている証拠があって逮捕状があるか、現行犯の時にしか逮捕できない。そもそも私たちは何を立証できるの？　はっきりとした証拠がない状態で、そしてリアルに危害が加えられて怪我《けが》でもしない限り、犯人が誰かを捜査なんてしてくれない。だから、いま頼っても意味がないの」

言い終わると、翔太がきょとんとしていた。

「……詳しいね」

とだけ呟いて、黙ってしまう。

「前にね。ちょっと昔、付き合っていた男が、そういう感じで……」

私は仕方なく過去を持ち出す。

二十歳、まだ私がグラドルとして駆け出しのころ、現場でよく一緒になるディレクターと交際したことがある。顔は悪くなかったけど特にタイプってわけでもなかった。きっと疲れていた。何となくそういう流れになって付き合いはじめたら、何かにつけて束縛したり、仕事で会う男性との関係について口出ししはじめて、面倒くさくなって別れを切り出したところ相手は豹変《ひょうへん》。合鍵を返さずに何度も私の部屋に侵入を繰り返し、ところ構わず追いまわしてきた。警察に相談しても、若い男女の「痴話げんか」程度にしか相手にされず、私が「殺人に発展するケースもある」と食い下がっても、なぜかその警察官は私の体を舐めるように見て苦笑するだけだった。あの経験は、生々しく私の記憶に染み込んでいる。

「そうか。嫌なこと思い出させた」

翔太が後ろから私を抱きしめる。

こういう時に言い訳をしない、潔くて、素直なところも、私は愛おしく思う。

「ううん。ありがとう」

そうだ。ふたりとも追いつめられたら、相手の思うつぼ。

絶対、このままじゃ終わらない。

誰だか知らないけど、こんなことはやめさせてやる。

私たちの幸せも、明るい未来も絶対に邪魔させない。

そう決意した矢先。

いきなりの着信音。私のスマホが叫び出す。

すぐにおさまり、再び静寂が訪れた。

私はゆっくりと画面を確認する。

「誰？」

翔太が横から覗き込む。

私は表示されている事実だけを、淡々と、口にした。

「非通知……」


翌日の朝、郵便ポストが壊されていた。

管理会社に問い合わせても監視カメラに不審な点はないとの回答。そんなはずはない。現に蓋が捻じ曲がって、こじ開けられた形跡がある。まさか今時ダミーカメラ？　抗議するも、すぐ直しますと謝られて終わった。私はダメ元で警察署に電話した。最近は個人情報を狙った無差別な犯行が多いからストーカーの仕業とは言いにくいとの回答。「心当たりの人物は？」と尋ねられて黙ってしまった自分が悔しかった。巡回を増やしますと言われて、通話は終わった。

そういえば、今月の公共料金明細が届いていない。

クレジットカードの請求書も、そろそろのはずだけど……。

スマホを手元に置くのが嫌になりつつある。
不定期で鳴らされる、一方的な着信音。
仕事中も、移動中も、食事の時も家にいる時も。
マナーモードにしたって、後から不在着信の表示を見ると気持ちが沈む。
いつまで続くのだろう。
無視を決め込んでも効果なし。
むしろ四六時中そのことが頭から離れない。
今にもまた。
電話がかかってくるんじゃないか。
そんなことばかり、考えてしまう。
目的は何？
相手は誰？
私を困らせるための迷惑行為？
それとも明確にコンタクトを求めている？

得体のしれない恐怖に、私は寝ても覚めても苛《さいな》まれる。

何も手につかない。

翔太は稽古に行って今日も帰りが遅い。私ひとり、リビングのソファに腰を埋もれさせ、横になってどれくらい？　時計を見ると、あと三十分でラウンジの出勤だ。空腹を感じたけど、胃に食べ物を入れる気にもなれない。この状態でお酒を飲むとまた肌が荒れそう。休みたい。もう辞めたい。外に出たくない。何もしたくない。

いつまで……。

本当に、いつになったらこんな環境から抜け出せるんだろう。

ネットの炎上なんて一時的なお祭り騒ぎって高を括《くく》っていた。

翔太と具体的な解決策が話し合えないまま、事態は悪化した。

私と翔太の盗撮画像が、匿名掲示板に次々と貼られる始末。マンションのエントランスや駅の周辺、スーパーの店内から近所の路上に至るまで、あらゆる場所で知らないうちに撮られていた。ふたり一緒の写真が多い。ニュース記者に写真を売ったのも、この犯人かもしれない。私と翔太は当面の間、外では別行動を取ると決めた。寂しいから嫌だったけど翔太に説得された。最近は家のなかでも翔太と何となくギズギスしてしまう。会話も明らかに減っていた。

小さく、私の携帯が震えはじめる。
バイブレーションが小刻みに、机を揺らす。スマホが泣いているみたいだった。
きた。まただ。どんどん頻度が上がっている。
はっきりと、そうしようと思ったわけじゃない。
気がつけば私は起き上がり、スマホを取って通話をタッチ。
初めて着信に応じた。
音が遠い。ノイズのような、静寂。
「……はい」
固い声を意識したのに、かすれた音しか出なかった。
返事はない。
無言電話？
やっぱりただのいたずら？
何か聞こえる。私は耳を澄ます。
カン、カン、という、これって――踏切？
「…………」
警報機の単調な響きが、少しずつ、私に近づいてくる。
「えっ？」

何か、人の話し声が混じった。聞き取れない。

「…………」

「何っ？」

やはり聞き取れない。くぐもった小さな声は、警報機の音でかき消される。

「聞こえないです、あの、音がしてて聞こえないです」

私が懸命に訴えかけていると、

「さようなら」

「えっ!?」

次の瞬間、けたたましい轟音に耳を殴られる。

列車が通過したようだ。ゆっくりと受話器が静けさを取り戻す。

「何？　えっ何？」

思考が追いついていない。

遮断機。近づく列車。勢いよく通過、そして無音。

まさか。

そんな、まさか。

いま、この瞬間に、もしかして。

この人――。

「死ぬと思いました?」

私の抱いた最悪の想像は、相手が仕組んだものだった。

「死ぬと思いました? 篠戸るるさん」

女は私の名前を呼んだ。淡々と、確認を求める言い方で。

「あなた誰? どうして……?」

私は精いっぱい喉をしぼった。口の筋肉がうまく動かせない。

どうして。

電話の主は、なぜ私の番号を?

「何がですか?」

「だから、私の番号……」

女はその問いに応えず、

「この人死ぬと思ったのは、後ろめたいことがあるからですよね? そうですよね?」

「意味がわからない」

「瀬川翔太君と別れてください。お願いします」

翔太の名前を出されて全身が硬直する。

「お願いします」

ねばついた声で、女は繰り返す。

「それが彼のためなんです。お願いします。お願いします！」

「やめてください！」

心から懇願した。頭がどうにかなりそうなのを堪えて、

「……もうやめて。警察に言いますよ」

結局、そんなことしか言い返せない。

相手は一切ひるまず、

「どうぞご自由に」

とだけ返して、再び沈黙する。私の出方を待っている。

こいつだ。

間違いない。

迷惑電話も、盗撮も、ストーキングも、郵便ポストも、無断差し入れも、マンション不法侵入も、ネットで炎上を煽っているのだって。すべての私たちの苦しみの元凶、それがこの女なのだ。

こいつさえ。

こいつさえいなければ。

私は怒りに支配される前に冷静さを意識する。ここで我を忘れたり怖気《おじけ》づいちゃダメ。

むしろこれはチャンス。

ずっと隠れていたくせに、とうとうやってきた。
姿の見えなかった敵が、わざわざ接触してきた。
聞きたいこと、言いたいことは山のようにある。
でもまずは、
「誰ですか？」
刺激しないように、穏やかに問いただす。
返答はない。都合の悪いときは黙るのか。
「考えてみて。あなたのやってることは……」
自分の行いを自覚させようとしたその時。
ピンポーン。
張り詰めた部屋の空気を伝ってそれは隅々まで響き渡った。
インターホン……？
は？　嘘でしょ……？
私は頭が真っ白になる。
ピンポーン。
同じ調子の電子音がもう一度。
「どうしました？　もしもしー？」

電話ごしに、女が私をあざ笑う。

すべてが監視されていた。どこにも逃げ場が、居場所がない。部屋のなかに籠っても、こうやって私は少しずつ心を殺される。狂わされる。

「いい加減にしてよ！」

私は猛スピードで駆け出して、エントランスの映像が映るモニター横の壁を叩く。

粗い画面のなかで動いたのは、男の人影。私はボタンを押す。

「すみません、お届け物です」

宅配の配達員の姿があるだけだった。

「あ……」

ツー、ツー、ツー……。

耳に当てたままのスマホが切れる。

私は配達員を無視すると決めた。再度インターホンを鳴らされても出ない。

ぐちゃぐちゃだった。

私のメンタルは限界に達し、何が正しいのか、現実を認識する力も衰えつつある。

とにかく疲れた。

私はその場で、床に崩れる。フローリングの冷たさが足に沁みた。

「ああ…あああ……」

私はうなだれて、嗚咽《おえつ》を漏らす。
誰もいないこの部屋で私は泣いた。
誰かに見られている感覚はなくならない。

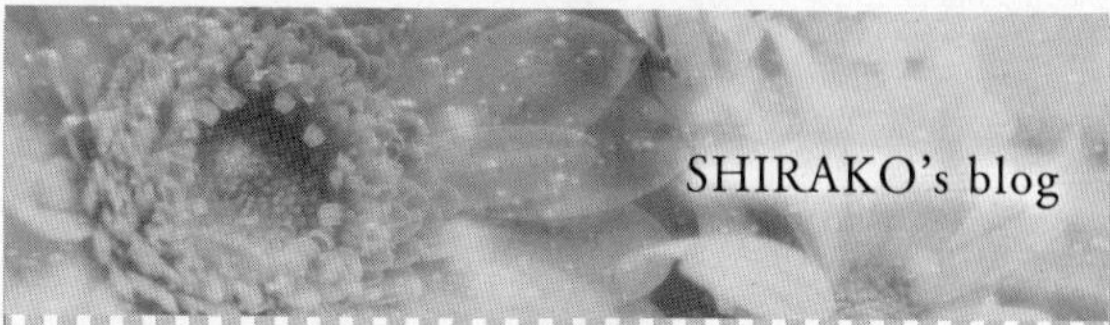

初めまして

カテゴリ：恋愛　2018-08-31 02:11:34

白子です。付き合ってみて、初めて気づくことがいっぱいです。

こんなに悩んじゃうなんて思わなかった。。。

彼のお仕事は特別で、とっても忙しい。

でも会えないと寂しいし、共演者の女性と一緒に写ってる写真を見ると嫉妬しちゃう。

わがまま言っちゃダメって分かってる。だから我慢しようって思うんだけど。。。

彼のほうが「俺が我慢できない」って言って、時間作ってくれる。

月曜の稽古の後も、少しだけ顔を見れた。

急だからコンビニでしか買えなかったけど、差し入れ、すごく喜んでくれて！

疲れてるんだから休んでほしいけど、そんな彼が可愛くて、私も甘えちゃう。

時々、こんな私でいいのかなって思う。。。
とりえもない、普通すぎて全然つりあってない。

でもね。彼が私を愛してくれてるってのが分かるから。

私も、彼のことをたくさん愛してあげようって思うの。

二人の時間を大切にしたいな。。。

翔太君は私の生きる希望。抱きしめてくれる太陽です。

翔太君大好き。ずっとずっと愛してる。

私は反射的に右上の×印を押して、忌々《いまいま》しい文章を視界から消した。

もう限界。もう無理。

変な妄想ブログまで現れた。

最近は日に何度も「エゴサーチ」してしまう。と言っても検索ワードは「篠戸るる」だけじゃなくて、「篠戸」「篠バア」「ｓｎｔ」など、いくつものパターンでチェックする。今日はいつもと違う話題のツイートが目立っていたから何かと思えばＵＲＬが貼られていて、飛んでみると素っ気ないデザインのブログが表示された。

まだ記事は少ない。読んでみる。たちまち背筋が凍りつく。

「白子」と名乗る女が、翔太とのありもしない恋愛を明け透けに語っていた。

悪い夢のよう。嘘や妄想もここまでくると、どう受け止めていいやら……。これが不特定多数に閲覧されているのもまた、我慢ならなかった。今すぐにでも消したい。だけどネットにあがっているものは私の力じゃどうにもならない。歯がゆさと怒りで我を忘れそう。このままじゃ本当に頭がおかしくなる。

「しょーくん。しょーくん！」

私は寝室にいる翔太を大声で呼んだ。「台本読みたい」と帰ってくるなり閉じこもった翔太。家での会話はもうほとんどない。私がいらいらしているせいもあるけど、とにかくふたりとも無気力に近かった。

こんなにも精神的に余裕がなくなるなんて。

私は炎上の恐ろしさを改めて実感していた。

ネットでの評判が悪くなることより、私生活に影響が出てるのが耐えられない。

妄想ブログという「燃料投下」まで許してしまった以上、今度こそ有効な手を打たないと一巻の終わり。

「どうした？」

顔を出した翔太に、黙ってもう一度ブログを開いて画面を見せる。

翔太は何も言わず、息をぐっと飲み込んで、私にスマホを返した。

「やっぱり、警察しかない」

少しして翔太が言う。

「非通知でも、電話がかかってきた証拠はあるんだし」

「しょーくん」

私は無駄な議論を遮る。

「しょーくん、白子って女に心当たりない？」

「知らない、本当に浮気はしてない」

私は一瞬きょとんとなる。

「浮気？　何の話？」

「だから、ここに書かれていることは全部嘘だし、誰とも、こんなこと……」

どこまで純粋なんだろう。私はふふっと笑って頭が冷える。翔太の抜けているところは、私にとってやっぱり必要なんだ。

「違うの。こんなの信じてないよ。痛いファンが嘘ついてるに決まってるし、誰かに手を出してこじれたのでもないってそれは信じてる」

「うん……」

「落ち着いて考えてみて。もともとあぶないタイプの人が、なにかのきっかけで過激になってる可能性あるじゃん。ファンで、こういうことしそうな人間に心当たりはない？」

「うーん……」

「ファンレター」私は閃《ひらめ》く。「しょーくん、とってあるでしょ？」

翔太は律儀にも、もらったファンレターをすべて保管している。読まずに楽屋で捨てる俳優も多いなかで、生真面目な翔太らしい。

「それ、読み返してみてよ」

「え？」

「その中に犯人がいるかも。ヤバそうな人のは私にも読ませて」

「ヤバそうな人って？」

「だから、文面がストーカーっぽいとか、やたら文字がびっしり書いてあるとか、とにかくしょーくんが直感で『なんか怖いな』って思うような内容のやつ」

「でも、白子って名前の人は見覚えないよ」

「いいから！」

私は翔太の肩を回して、寝室に押し戻す。

「名前は変えてるかもしれないし、とにかく見返してみて」

翔太はあいまいに頷いて、奥に消えた。

リビングで再び孤独になると、またブログのことが気になりだす。私の知らないところで勝手なことをされるのが気持ち悪い。簡単にアクセスできるのもストレスの要因だ。

SHIRAKO's blog

奇跡

カテゴリ：恋愛 2018-09-02 01:40:02

白子です。夢はいつか叶うんだって、教えてくれたのが翔太君。

彼が私をシンデレラにしてくれた。

忘れもしない8月13日。彼の24歳のバースデーイベント。

私は精いっぱいにオシャレして、記念日のお祝いに行きました。

彼はいつもステージで輝いてて、私はただの一般人。

でも今日だけは、いつもより可愛く見られたくて。

新しいワンピースに、メイクもちょっと頑張って。

緊張しながら彼の前で「誕生日おめでとう」って言った。

そしたら「あれっ、今日いつもより可愛いね」って褒めてくれて。

本当にびっくりした!

本当にうれしかった!

それだけで幸せだったのに、さらに奇跡が起きた。

私の愛に、彼が応えてくれた。私と特別な関係になってくれた。

片思いでもよかったのに、、、こんなことになるなんて。。。

私いま、最高に幸せ。

この時間がいつまでも続けばいいな。

翔太君は私の生きる希望。抱きしめてくれる太陽です。

翔太君大好き。ずっとずっと愛してる。

すべての血管から血液が頭に激流となって流れ込みつつあるなか、翔太がリビングに戻ってきた。手には何通かのファンレター。

「どうだった？」

「うーん、何通かあった」

「見せて」

私は手紙を床にばら撒《ま》く。色とりどりのファンレター。そのうちの一通を手に取り、マスキングテープを剝がした。中身を見ると、小さい字でたどたどしく、翔太への愛が綴られていた。

私はじっくりと、順番に目を通していく。

絶対いる。妄想ブログまで書くのは、見つけてほしいからだ。きっと前から自己主張が強いはず。自分をアピールしないわけがない。

絶対に。

絶対に見つけてやる。

だけどそれらしいものは見つからなかった。

どれもこれも「好き」「愛してます」とは書かれているものの、似たり寄ったりで、判断のしようがない。手紙の末尾にLINEのIDやメールアドレスを載せている人もいるけど、それ以上の押しが感じられず、妄想ブログの醸し出す異様なテンションには程遠い。

そんな都合よくは見つからないか……。

諦めかけて、最後の一通を手に取った。

黄色いチェック柄の地味な封筒。

差出人の名は、

「RISAKO.」

と書かれている。

手紙を読み終わった後、かすかな引っかかりが残った。

私はブログの続きと見比べる。

全然…

カテゴリ：恋愛　2018-09-03 04:53:34

白子です。先週から全然会えてない。。。

本番前で忙しくて、彼も我慢してくれてるし、邪魔したくない。

毎日、稽古の終わりには必ず連絡くれるけど。

彼の温もりを思い出しちゃって余計苦しい。

寂しい気持ちに嘘はつけない。

付き合うって、楽しいことだけじゃないんだね。。。

最近は私が彼を見つめてる時間が多い気がする。

でもきっと彼だって同じ気持ち。

大変な時だからこそ、私は彼を信じてあげたい。

これからいっぱい大変なことあると思うけど。

私が支えてあげたいな。

愛する気持ちは誰にも負けないから。

会えない時間がふたりを強くする。

これからずっと、一緒に歩んでいくんだもんね。

翔太君は私の生きる希望。抱きしめてくれる太陽です。

翔太君大好き。ずっとずっと愛してる。

翔太君は生きる希望。抱きしめてくれる太陽です。

「りさこ……RI、SA……」

私はアルファベットを一字ずつ声に出す。

「どうした？」

「SI……」

頭のなかで整理して並べ替える。

RISAKO。

SIRAKO。

白子？

何これ。おかしなハンドルネームとは思ったけど、ここまでバカバカしくて単純なのもまた忌々しい。

それに名前だけじゃない。

ファンレターの終わり方。

私の生きる希望、抱きしめてくれる太陽。

「こいつだ。これ、分かった」

独特の言い回し。

自分を印象づけるフレーズ。

必死に翔太にアプローチしていたんだ。こざかしい。

「りさ子ちゃん？　いや、でもその子、かなり大人しいよ」

「じゃあなんで私に見せたの？」

「それは……」

翔太も読み返して、気づいたに違いない。

信じたくないんだ。今まで応援していた人の「裏切り」を。

「ブログ見たでしょ。言葉選びが一緒。書いている内容が違っても、文章のくせは簡単に変えられない。この人、出待ちとかしてない？」

「ああ、毎回声はかけてくれる」

「くれるじゃない、くれるじゃないよしょーくん」

本当にどこまでもお人よし。素直すぎて時々びっくりする。

「そいつで決まり。この女、絶対に許さない」

「じゃあ、マネージャーに言って、今度観にきた時に注意してもらう」

「そんなんじゃ甘い！」

その程度じゃおさまらない。

奴の迷惑行為も。私の腹の虫も。

復讐してやる。

「直接、私が何とかする」

「何とかって……」

途端に焦り出す翔太。

「大丈夫。考えがある」

そう言って私は、テレビボードに収納してあるボックスを引っ張り出し、お目当ての道具を抜き取った。

「チェキ……？」

私がファンイベントで使っている、ピンクのポラロイドカメラ。

「しょーくん、脱いで」

「えっ？」

「いいから脱ぐの！」

説明している時間が惜しい。とにかく行動。

翔太はおもむろにベルトに手をかける。

「下じゃない！」ああもう。「上だけ！　半裸！」

戸惑いながらもTシャツを脱ぐ。引き締まった端整な筋肉が顕わになる。

私は家具の写り込まない真っ白な壁を指して、

「そっちに立って。後ろ、何も写んないところ」

言われるままに移動する翔太。

「はいそこ。もうちょっとこっち寄り。そのまま、はい笑って」

「これは一体……」

「ちゃんと最高のスマイル！　どんな時でもプロでしょ？」

すると翔太は満面の笑みを作る。さすがはスイッチの入れ方を知っている。

私はすかさずシャッターを切った。

間抜けな音を立てて、純白のフィルムが吐き出される。

「もう服は着ていいよ」

「ねえ、ちゃんと説明して」

翔太は真っすぐ私の目を見た。こういう時の彼は納得しないと引き下がらない。

自分でも、馬鹿げているのは承知の上。

説明を省いているのも、そのアイディアに百パーセントの勝算は感じないから。

「全部終わったら、ちゃんと話すから」

とにかく今はやってみるしかない。

「だからお願い、私を信じて」

「……わかった」

翔太が、何かを覚悟したような顔つきになる。

凛々しい。男らしい眉と眼光が、私の闘志をさらに燃やす。

私たちのために。

いま私が頑張る。

「はい。サイン入れて」

サインペンを翔太に手渡す。

「日付は入れないでね、バレちゃうから」

翔太は一瞬だけ躊躇《ちゅうちょ》するも、何も聞かないでフィルムの表面にさらさらとサインを書く。

ぼんやりと浮かびつつある、裸の翔太の肖像。

それはどこか滑稽で。

けれども。

これが反撃の武器になる。私たちが逆襲する。

「しょーくん。しょーくんは私が守るから」

「るる……」

「私に任せて」

やりすぎるくらいでちょうどいい。

私はスマホを取り出して。

ひとり、作戦を決行する。


時間がない。翔太の本番までには決着をつけてやる。

とは言っても、急《せ》いては事を仕損じる。

大胆かつ慎重に。着実に進めなければ。

まずはツイッターで新規のアカウントを作成。

アイコンに画像は使用せず、卵のまま。

自己紹介の欄に、

「瀬川翔太に裏切られた。愚痴を吐き出したいだけ。無言フォローごめんなさい」

と、記載する。

鍵をかけてツイートを限定公開にして、翔太の悪口を言ってそうなアカウントに少しずつフォロー申請を出していく。

だいたいのフォロー申請はすんなり通った。半分以上は相互フォローを返してくれる。

相手も私のアカウントの発言が気になるのだろう。

相互フォローになれば、はれて私も向こうの発言が閲覧できる。

私は心を鬼にして、ひたすらチェックしていく。

気味が悪かった。

一様に同じような文体でつづられる、翔太への怨嗟と愛情。

予想を超えていた。今まで私が見ていたものは、まだマシだった。

閉鎖されたコミュニティで繰り広げられる、私と翔太への罵詈雑言は、書き手を想像できないほどに口汚く、酷いもので、それでも私は自ら針の上を裸足《はだし》で踏み歩く思いで、言葉を浴びていった。

「傾向」を把握したころには、感覚が麻痺していた。

所詮は匿名のもの。私の人生に関わり合いのない誰かが書いた批判。そうやって割り切っていく。

私は怪しまれないよう、自分でも発言を試みる。

「篠戸るるは、翔太君の才能や人気に寄生しているだけ。貢ぎもしない、応援にもならない、ちょっと見てくれがいいだけの無価値な女。翔太君にとって邪魔な存在」

前に見かけた文章の丸パクリになった。まだ自分ではうまく書けない。
それでも幾人かが「いいね」を押してくる。
私は「篠戸るる」への悪口を投稿し、フォロワーたちの信頼を得ていく。

「今まで頑張って応援してお金を使ってきたのに、彼女がいたなんて。復讐したい。どうしたらいいんだろう」

ファンの気持ちになって。
ファンが言いそうなことを呟いて。
匿名の後ろにいる「人間」を探っていく。
そうしているうちに、気になるアカウントに辿り着いた。
許された者にしか閲覧できない鍵アカウント。
アカウント名「ロシカ」。
すぐにピンときた。
他の連中とは名前の語感が異なる。
絶対意味のあるハンドルネームだ。
私はそれをかぎ取った。

ロシカ。

ROSIKA。

RISAKO。

思った通り。「白子」と同じ安直なパターン。私はすかさず、アカウントの鍵を外したあとにフォローを申請。

同時に、用意してあった画像を添付して、仕掛ける。


「**【譲渡希望】一連の騒動で熱が冷めました。瀬川翔太の担当を降りるので、こちらのチェキ安くお譲りします。リプかDMください**」


半裸のチェキを接写した写真画像が、とうとう世に放たれた。

そんな公式グッズは当然ない。

だからこそ「餌」になる。

案の定、フォロワー達が騒ぎ出す。


「何あれ!?」

「いつのイベント?」

「半裸なんだけど！」

「しかもサインまで！」

「見たことないチェキ！」

「何これそんなのあったの⁉」

「正直どうかと思うわ……」

「やだ～誰にも渡ってほしくない！」


次々と「譲ってください！」「欲しいです！」の連絡がくる。

まだだ。見極めろ。

複数のアカウントを使いわけている可能性もある。

仮に「ロシカ」へのフォロー申請が通らなくても、このタイミングなら向こうは必ずこっちのタイムラインをチェックしている。必ずこの【譲渡希望】を見ている。

ツイートから半日が経ったころ、ついに獲物がかかった。


「譲ってください。値段は決めてもらって大丈夫です」

簡素なＤＭの送り主は、「ロシカ@譲渡垢」という名称。

わかりやすい。これはメインとは別の、グッズ交換のための専用アカウントだろう。

間違いない。ロシカ。

白子。いや、りさ子。

私はすかさず返信する。

五千円という金額を提示して、「郵送しますので、住所と名前をお教えください」と伝える。

そして――。


「新山りさ子」

私の前には、ひどく地味で小さい、ひとりの女が立っている。

電車を四本乗り継いで一時間。最後に乗った二両だけの電車は、始発駅から一駅で終点で戸惑った。聞いたこともない駅で降りてから歩くこと三十分。段々と寂れた建物が多くなる。お昼過ぎなのに薄暗い。今にも雨を降らしそうな雲が、空全体を包み込む。

私は薄気味悪さを押し込めて、目的地に辿り着いた。

オートロックもない、古めかしい外観の、二階建てアパートの一室。建物の前は車が通れないほどに細い道で、私道と書かれた立て札があった。

鉄骨の外階段をあがって、ブザーっぽい呼び出しベルを鳴らす。不在なら出直すことになるが今日は日曜。私は祈る。「はあい」と扉の向こうから聞こえて私は賭けに勝ったと確信。ガスの点検業者を装うと、部屋の主は疑うことなく鍵を開けた。不用心にも程がある。

扉を足で押さえて開けっぱなしにして、私は靴脱ぎ場に仁王立ちしていた。部屋の奥は薄暗くてよく見えない。嗅いだことのない、生乾きに似た匂いが鼻を襲う。

ようやく会えた。

やっととらえた。

面白いくらいに引っかかった。

「……新山、りさ子」

私はもう一度、その名を口にする。

老けているように見えるけど、化粧っ気がなくて幼い顔つき。

もしかして年下……？

あれほど粘着するのだから、暇を持て余したおばさんかと思っていた。頭のなかの勝手なイメージが上書きされていく。架空の「りさ子」が本物の「りさ子」になっていく。

「やっと見つけた。この最低女」

反応はない。女は一重まぶたの奥で目を丸く開いて、唇を結んで私を見つめたまま。

私は気づく。だらんと下げた腕の先、女の指が小刻みに震えていた。

……あれ？　びびっている？

私にあそこまでしておいて？

どれくらい時間が経っただろう。辛抱強く睨みつけていると、

「どうして？」

女が蚊の鳴くような声で言った。

何が？　住所を特定した方法？

「はっ、教えないよ。ネトストできるの、自分だけって思わないで」

自分は絶対安全だとでも思っていたの？

迷惑行為の標的が、自宅に乗り込んでくるって想像もしなかった？

翔太の上裸写真に目がくらんで、こうも軽率に個人情報を晒してしまうバカ女。

怒りに先立って、言いようのない肩透かしを食らう。

会ってみれば他愛もない。

ただの変な一般人じゃん。

「あのさ」

まあいい。ここに来た目的を果たそう。

「私に文句あるなら、いま言ってよ！」

そう言うと、女はやや戸惑うように、

「出てって、ください。ご近所に迷惑です」

と、目線を斜め下に逸らしながら言った。

「はあ？　よく言えるね。自分が何したか分かってる？」

犯罪。ストーカー。本当に自覚がないの？

「しょーくんに迷惑かけて、あんたファン失格だから。ファンを名乗る資格もない。邪魔してるだけだから、今後一切しょーくんに関わらないでください。舞台も観に来なくていいです。迷惑客が一人減ってもしょーくんは立派に活躍できるから」

私は一気にまくし立てる。

「聞いてる？」と付け加えても、女からの返答はなし。

ネット弁慶。その言葉がぴったりだった。

びくびく、おろおろ。

男に熱烈アプローチをかける性格には見えない。

こういう奴、学生のころ教室の隅に必ずいた。クラスの大きなノリにはついてこられず、でもいじめられるわけでもなく、自分の机ひとつ分だけをテリトリーにして、そこだけ教室には存在しないかのように浮遊しているような、あえて関心を持たれない人間。

今だから思う。いじめられないのは、何を考えているか分からないからだ。

私が相対している女もそう。

目は泳いで、体は震えて、黙っているばかり。

私の生活圏には生存していない女。

私の人生には干渉しないはずの女。

こんな女に。

私は「りさ子」をまじまじと見た。

ブスって言いきれるほどの醜さもなく、背が小さい割に可愛げがあるわけでもない。

他人を窺《うかが》ってばかりの目。胸もなく、緩急のないシルエット。生まれつきの美醜じゃなくて、美容への関心を感じないカラダ。同じ女として恥ずかしくなるカラダ。

よれたTシャツにゆるいスウェット。いくら休日の部屋着と言っても限度がある。薄く茶色に染めたおかっぱ頭は色がくすみ、手入れを怠った清潔感のなさ。

「だっさ」

すべてが中途半端で小者感。

こんな奴が、私と翔太を苦しめていたなんて。

「何その、ちんちくりんな顔。そんなんで、しょーくんに振り向いてもらえると本気で思ってた？　あんたみたいな芋くさいのがファンだなんて、しょーくんが恥ずかしい」

「容姿は、関係ない……」

相変わらずのくぐもった声。口のなかだけで言葉を止めているみたいでイライラする。

「あるよ。大アリ。しょーくんと一緒にいる私が動かぬ証拠。あのね、最低限のルックスって必要だからね？　可愛ければ目に留まるし気にしてもらえるし近づけるし愛してもらえるしそんなの全部全部当たり前！　女として可愛くなる努力もしてない奴は問題外。まずスタートラインにも立ててないの。私は一生懸命自分を磨いてキレイにして、だからしょーくんと一緒にいるの、だからしょーくんに選ばれたの。好きって気持ちだけでどうにかなるわけないでしょ！」

私は一気にまくし立てた。

許せない。

本当に許せない。

私たちの幸せを、こんな奴が踏みにじって！

「っていうかさ、謝ってよ」

私は息を整えて、謝罪を要求する。

だけど相手はまた意外そうな目をして、

「え？」

とだけ返してきた。

「えじゃねーよ！」私は叫ぶ。「自分のしたこと謝れって言ってんの！」

「……すみません」

ほとんど聞き取れない声で、おそらくそう言った。そのように聞こえた。

壁の薄そうなアパートで、ドアも開けたまま。不審に思った隣の住人が、私の大声に反応してやってくるかもしれない。そろそろ引き上げ時。

「面と向かって堂々とできないなら、最初からこそこそ卑怯な真似しないで」

またも女は押し黙る。構うものか。私は続けて、

「じゃあ今から私の言う言葉を繰り返して」

「え」

「『今後、瀬川翔太君には一切関わりません』ほら、言って？」

「あの……」

「何？」

女は、腰をかがめて私の足元を指さす。

「く、靴……」

私は靴脱ぎ場の段差を乗り越えて、フローリングに足を乗せていた。勢いあまって土足であがっていた。

だけどそれが何？

私の怒りは瞬時に沸騰する。腹から息を吸い、

「今後！　瀬川翔太君には一切関わりません！」
女を吹き飛ばすくらい怒鳴った。
一歩たじろいだ女は、中腰のまま、
「……今後、瀬川翔太君には一切関わりません」
と、機械的にリピートした。
遠くのほうで、子どもの声がした。
閑静な住宅街。私の荒い息だけが目立っている。
すべての目的は果たした。
ひとつ。この目で直接「犯人」を確かめること。
ひとつ。迷惑行為をやめるよう言質《げんち》をとること。
ひとつ。翔太に近づかないよう約束させること。
女が反省したかは、かなり怪しい。
だけど恫喝《どうかつ》の効果は十分見てとれる。
完全にびびったに違いない。
理解したはずだ。翔太につきまとえば、この私がただじゃおかないと。
「はい。一切関わらないと、確かに聞きました」
念を押すと、女は爪をいじりはじめた。どこまでも読めない。

もっと懲らしめてやりたいけど、これ以上は不毛なやり取りが続きそう。

「じゃあ、これでおしまい」

私は、外の廊下へと足を進める。

これでおしまい。

ようやく解放される。

ネット炎上はまだくすぶるかもしれないけど、世間はすぐに飽きてくれる。次の「炎上案件」が発生すれば、その燃え上がる勢いにみんなが虫みたく吸い寄せられて、古いボヤへの関心は薄れるだろう。

まだ大丈夫。

まだ私たちは芸能界でやり直せる。

翔太のファンが離れようとも、彼の演技力は本物だ。

お世話になっている舞台関係者は同情を示してくれるはず。事務所が別の方向性で売り込んでくれるかもしれない。

私も同じ。女優業をセーブしてグラビアに専念すれば、ひとまずの攻撃は減るだろう。

多少、過激な露出も解禁すれば、そっちの仕事なんてすぐに巻き返せる。

それから女優復帰でも遅くはない。

まだまだ大丈夫。まだまだセーフ。

心が晴れやかになっていく。日々あんなに悩まされてネガティブな思考で頭がパンクしかけたのに、みるみるうちに明るい選択肢が思い浮かんできた。

とにかくようやく終わり。

私と翔太は次へと進める。

輝く未来をこの手で摑む。

私は扉を閉める直前に、女を見た。

女はさっきと同じところに立って、俯いていた。

哀れな女。

現実を生きることができず、妄想を膨らませ、違う世界の人間に恋をする。

私にはわからない。

誰かを応援する人生なんて。

私の人生の主役は私だけだ。

妄想と理想は違う。私は理想を追い、現実世界で実現させる。

さようなら。

負け組、りさ子。

「今まで応援、ありがとうございました」

扉の隙間から捨て台詞を吐いて、しっかりと閉める。建付けが悪いのか、鉄のこすれる嫌な音がした。

私は大きく息を吐き出す。部屋のなかで吸った汚い空気を、肺の外へと出すように。一気に緊張がほどけていく。

歩き出してすぐ、ヒールのバランスを崩し、転びそうになった。思ったより気を張っていたみたい。落ち着いて帰ろう。帰ったら翔太に報告だ。やっと安心させられる。

「あの」

外階段に差しかかったとき、後ろから声をかけられた。

私は振り返る。扉を半分あけて、女が手招きしていた。

咄嗟に身構える。

「あの、ちょっと」

女が呼ぶ。

「何？　もう話なら終わったけど」

「いえ、せっかくなので、これを……」

部屋のなかを意識させる動き。要領を得ない。

「せめてもの、と思って……」

「お詫《わ》びってこと？」

煩わしくなり、私は早歩きで女に近づく。

もう話はついた。翔太のグッズでも引き取れっていうなら持ち帰ってもいい。私が責任もって廃棄する。だけど、どうせお詫びなら現金がいい。これだけ迷惑をかけたんだ。ちょっとは誠意を見せてほしいもの。

「あの、これなんですけど」

そうして扉の陰から取り出されたものが何だったのか、私は知らない。

頭に経験したことのない衝撃。

私の意識はそこで途絶える――。

何度目かの眠りから覚めても、変わらずそこには闇が広がっていた。

激痛が蘇る。頭が痛い。さっきより痛みが増している。吐きそう。おでこから垂れた血が右目に入って開くこともままならず、今はその血が乾いて眼球がかゆくて仕方ない。部屋が暗すぎる。目が見えていないんじゃないかと焦る。こんなにじくじく後頭部が痛むのに、全身が気だるくて睡魔がつきまとう。いつの間にか意識を失っては起きての繰り返し……。

こんな状況下でも眠ってしまうのが不思議だった。

真っ暗な部屋のなか。いまが何時かも分からない。

私は両手を後ろに延長コードで縛られて、身動きできずに床に横たわっていた。独特の匂いで女の部屋だと知る。信じられないけど、固いもので殴られたようだった。

私は、監禁されている。

湧かない実感と、否定できない現実のなかで、私は混乱の極みにあった。

最初に目覚めた時、言葉にならない叫びをあげ、助けを求めて足をばたつかせた。

室内からも室外からも反応はない。

私が諦めて黙ったころに、ようやく、

「静かにして」

と、どこかから女の声がした。

まったく気配を感じない。姿も見えない。窓すらないの？　カーテンをぴっちり閉めているのかも。それにしたって、部屋の大きさも、方向感覚すら摑めない。私は必死に腕の縛りをほどこうとする。手首にコードが食い込むだけだった。

「なんで……？」

震えが止まらない。

どうして真っすぐ帰らなかった？

一時の不注意で、立場が完全に逆転した。

けど、まさかここまでやるなんて。

「ねえ放して。なんでこんなことするの。何がしたいの？」

思い付くままに投げかけても、答えは返ってこない。

「お願いだから、会話して……」

何でもいいからしゃべってほしい。私はもう、すがるような思いで、女のリアクションを待つ。

その願いも虚しく、私がまたも眠りにつきかけたころ、ふいに明かりがもたらされた。

少し離れたテーブルの上が光っている。私のスマホだ。そんなところに置かれている。

伸びた腕が、その明かりを拾い上げた。

女は無表情でスマホを勝手に操作する。文字を打っているようだ。

ロックも解除されている？

気を失っているうちに指紋認証を解かれてしまったようだ。

「やめてお願い。ねえ……何書いてるの？」

ＳＮＳで成りすまし発言をされたら終わり。どう釈明したって信じてもらえない。

「お願い！　許して！　ツイッターに変なこと書かないで！」

「うるさいって！」

ゴツン。背後で鈍い音。スマホが投げつけられたことを知る。

それ以上の抗議はできなかった。

女が次に机から取ったもの。それは包丁だったから。

「ちょっと待って、ちょっと」

闇が再びおとずれる。

床が一定間隔で軋《きし》む。

女が、近づいてくる。

殺される？

どうして？

監禁して？

刺される？

この瞬間？

今ここで？

「いやああっ！」

私は思いっきり足を前に蹴る。何度も何度も宙を蹴る。

いやだ。死にたくない。私の思いは、それだけだった。

「いたっ！」

足に痛みが走る。上がっていく体温で全身が焼けそうだ。

「静かにして！」

女が私を叱る。

「何もしません。勘違いしないでください」

勘違い？

何を言ってるの？

まったく理解できない。

だけど私は女の言う通りにする。

惨めだった。身動きが取れないまま刃物を向けられると、ここまで人は弱くなるんだ。人間の価値なんて。

意思もプライドも。

いともたやすく崩れ去る。

「あなたが、私に言った言葉」

女が突然言う。こんな時でも聞き取りにくい。私は耳に全神経を集中させる。

「それだけは聞きたくなかった。こんな思い、私は二度と、したくなかった。私の気持ちも考えて！　私のトラウマを抉《えぐ》らないで！」

どれのこと？　トラウマって何の話？

女の話し方はわかりにくくて、意味を摑みづらい。自分のなかだけで論理が成り立っているような感じ。

いったい何が、この女の逆鱗《げきりん》に触れたのだろう？

私を自宅に閉じ込めて、どうするつもりだろう？

新しく生まれた足の痛みは、ぴりぴりと痙攣《けいれん》を伴ってくる。不安を掻き立てられるも、頭の痛みに比べれば我慢できた。私はまた暗闇の静けさに呑み込まれて、意識が薄れていった。

遠くで音が鳴った。
またインターホン。
もう聞きたくない。
もう押さないでよ。
思いが通じたのか、静かになった。
ゆっくりと光が差し込んでくる。扉だ。玄関の扉が開かれた。
誰かが来たんだ。私は助けを乞いかけて、思いとどまる。騒ぐと今度こそ命が危うい。
床が揺れる。扉が閉まったようで、また漆黒に包まれる。
誰かが入口から近づいてくる。
女のものじゃない足音。
歩き方で誰か分かった。
だけど、どうして……。
「るる」
穏やかに、私の名前が呼ばれる。
やっぱりそうだ。翔太。翔太がやってきた。

私は安堵《あんど》と困惑がごちゃついて声が出ない。

「るる、るる」

私を探す、大好きな人の声。

パチン。

突然、視界いっぱいが真っ白になる。

部屋の明かりがつけられた。私は目が開けられない。久しぶりの光に適応できない。

「えっ。るる……!?」

「やめてえっ！」

翔太の呼びかけを、女の咆哮が遮る。

「私の前で呼びかけないで、名前を呼ばないで聞きたくないから！」

うすぼんやりと、女の輪郭を感じ取った。まだ手には包丁のようなものが握られている。

「怪我してる、早く」

「ああ、これ！　これは違います！」

女は私と翔太の間に走り込む。

「薄く切れただけです、抵抗したからです、わざとじゃないです」

早口の弁明。私のふくらはぎには一本の赤い線。暗闇のなか運良くかすっただけで済んだものの、ちょっと間違えば……。

「そんなつもりないのに暴れるからこうなりました仕方ありません」

女は自分の正当性を訴え続けている。

懸命なまなざしを翔太に向けている。

少しずつ私の視力が機能しはじめた。右目は血で濁って不快だけど、左目で私は必死に見据える。

包丁を両手で前かがみに突き出した女と、立ちすくむ翔太。

俳優とファン。

ふたりが対峙《たいじ》していた。

私たちのまわりを、大量の「モノ」が取り囲んでいる。

脱ぎ散らかした洋服。

うず高く積まれた本。

部屋の隅にはゴミ袋。

壁際には、上に上にと重ねられた収納ボックス。どれもパンパンに膨らんでいた。

じっくり部屋を観察するわけにはいかない。

凶器をもった女が、翔太に迫っているんだ。

だけど。

それでも私は、視界の先、部屋の一角に釘付《くぎづ》けとなった。

何、あれ？

それはまるで、そう。

――祭壇。

安っぽいカラーボックスの上に、翔太のブロマイドが無数に祀《まつ》られている。その中枢には、女とのツーショットチェキ。ふたりを取り囲むようにブロマイドや缶バッチが雑然と配置され、それらは背後の壁へとコルクボードでさらに拡張されている。

何十人という翔太が、私に微笑みかけていた。

私は初めて思い知る。

ファンという人たち。

崇拝にまで至る心理。

翔太はこの女にとって。

神さまなのかもしれない。

「私は落ち着いてます。傷つけるつもりも殺すつもりもありません当たり前です」

まったく落ち着いていない。乱れた息つぎが言葉の説得力をなくしている。

「瀬川翔太君」

女は翔太をフルネームでわざとらしく呼んでから、

「はじめまして」

と言った。

はじめまして？

どういうこと？

「ああ、それも憶えてない？」

「え？」

翔太も困惑したようで、言葉を迷っていた。

当然だ。こんな状況、呑み込めるわけがない。

「別にいいです。私と話し合い、してください」

「話し合い？」

ただオウム返しする翔太。

「何言ってんの？　ねえ!?」

私は横槍《よこやり》を入れる。もう我慢できない。

「あり得ないあり得ない！　嘘でしょ？　何でそこまで？　あんた捕まるよ、こんなことして。頭おかしいんじゃない!?」

からからに乾いた喉が痛い。それでも私は声をあげた。

女は翔太を向いたまま、私に言う。

「あなたが最初に私の部屋に入ってきたんです、私は正当防衛です。次にまた叫んだら、仕方なく刺します」

大切に抱きしめるように、包丁の柄を握りなおす。

女はさっきまでとは別人だった。

目をぎょろつかせて、必死な形相で、髪を振り乱す。

「私、やらかしてないです。悪くないです。騙された被害者です。翔太君お願いです、目を覚ましてください。篠戸るるさんと別れて、お仕事に集中してください」

「いい加減にしてって!」

とにかくこのままじゃ埒《らち》が明かない。

「何でこんなことされなきゃいけないの。私たち何もしてない!」

「彼女いないって言ったじゃん!」

「……は?」

女は、翔太に向かってはっきりと言った。

「彼女いないって言ったじゃん嘘つき。いるならいるって言ってよ、そうしたら、あなたのことも」女が私を見る。「好きに、好きになれた、かもしれなかった。好きな人の好きな人ならもしかして好きになれたかもしれない。翔太君は言った、彼女は『**いません、今は仕事が生きがい!**』って。ほら、スクショも撮ってあるよツイッターの」

女はポケットからスマホを取り出し、片手で包丁を持ったまま、不器用に操作する。そして画面を「ほら」と翔太の顔に突きつけた。

「最初から、嘘つかないでほしかった。裏切りです。人として、ファンとの信頼関係を取り戻してください」

お願いします、そう言って頭を深々と下げた。

「なんで言わなきゃいけないの？」

女の思考に対しては疑問しか湧かない。

刺されても構わない。とにかく言葉をぶつけていく。

「何でもかんでも言う必要ある？　うちらだって普通の人間なんだけど。プライベートがあって、見せたくないこととかあって、自分たちの生活がある。『芸能人だから〜』みたいに私生活を全部要求される筋合いなんてない」

私の論理。私の生き方。

それを伝えることしか思いつかない。

だけど女は意に介さず、

「じゃあ隠し通してよ。誰にもばれないようにできたはずでしょ？　自慢したくて、知ってほしくて、気づいてほしいからネットで匂わせて、優越感に浸って。見つけてほしがったくせに。ずるい。今のは卑怯」

「…………」

自慢したくて、知ってほしくて、気づいてほしかった。

それは本当。私と翔太の交際。私の大好きな彼氏。

職業柄、隠すしかないのなら、せめて少しでも「そうなんじゃないか」って伝わってほしかった。知ってほしかった。

「あなたはファンを馬鹿にするかもしれないけど、ファンの好きって気持ち舐めないで。プライベート知らないとか関係ない、何にも知らないかもしれないけど、知らなくても好きになれるの。ファンはすごいの。この気持ちだけは誰にも否定できない、翔太君にすら否定できない。**愛は誰にも否定できない**」

この女の言うことが正しいと思ったわけじゃない。

だけど私は反論しなかった。

ずっと分からないままだった女の心理。

吐き出しはじめた心の奥底を、私は聞いてみたくなった。

「ねえ翔太君」

女が翔太を呼ぶ。まるで愛する恋人に呼びかけるように。

そうして女は思いの丈を語り出す。

「翔太君だってそうだよ。アイドルじゃなくて俳優だって言っても、ブロマイドもグッズも出して、顔の良さも売りにして。そういう売り方してるから割り切れないの。演技もキャラも好きだけどそれ以上に翔太君を好きになってどうにもできなくなったの。こんなに好きなのに報われないの。ファンだからって、特別に思われたいって思っちゃ駄目なの？　これだけお金使って、時間使って、これだけ尽くしたのに、想うことすら罪ですか？　この人は私より、あなたのことを考えてくれますか？　私は三六五日ずっと翔太君のことを考えていても大丈夫。翔太君を支えるために生まれてきたし、翔太君のためなら何でもできる。自信ある。あとは翔太君が好きになってくれるだけでいい。それで何の問題もなかったのに……。分かってます、自分が今、何をしてるのか、何がしたいのか分からなくなってることくらい分かってる……。

でも、理解と納得は違う。今さら後には引けない。私はファン、私はお客さん、私は一般人、私は親目線、私は応援しているだけで幸せ、そうやって自分に言い聞かせて誤魔化して我慢してきた。だけど、彼女がいるって、たったそれだけのことで無理になって……私の知らない翔太君の笑顔。その笑顔を見られる人がこの世に確実にいま一人いて、でも私はどれだけ追っかけても『はじめまして』なんだなあって。私の好きって気持ちを、翔太君に知ってほしくて、自分だけの気持ちを、届かなくても、結ばれなくても、本当に少しだけでいいから、分かち合いたかった。私は翔太君を知りたいし、私のことも翔太君に知ってほしい。見つけてほしい。もう見間違えないでほしい。本当に、翔太君は私の生きる希望です。私の人生、私は自分が主役になれないこの世界で、頑張って毎日生きてきて、挫けそうな時も、嫌になる時も、翔太君の舞台や活躍を楽しみにして、何とかやってこられました。翔太君のおかげ。翔太君は、つまんない毎日を幸せにかえてくれる、抱きしめてくれる太陽です。同じ時代に生まれて、目の前で生きて呼吸する姿を見ているから、もっともっともっともっとお互いに近づきたかった。翔太君、私の愛を知ってください。私は、翔太君が、大好きです」

長い長い、告白が終わった。

翔太は静かに女を見ている。

口を挟まず、目を逸らさず。

女の訴えに耳を傾けていた。

「できない。共感できない……」

沈黙を破ったのは、やっぱり私だった。

私はぐしゃぐしゃに盛り上がったままの女の髪を見つめながら、体いっぱいに溜まった嫌悪感を吐き出すように、

「知らないよ。あんたの一方的な気持ちなんて」

少しは理解できると思った私が愚かだった。

「したい、したい、したい、したい」

何それ？

「全部自分じゃん。自分のエゴじゃん」

だから何？

「だからどうしろって言うの？」

そんなの。

「どうにもならないままなの！」

「……うん。だからやっぱり、好きな人は、好きなまま」

駄目だ。

圧倒的な隔たり。

もはや別の生き物にすら感じる。

人と人とは、分かり合えない。私はつくづく思い知った。

「あんた、ほんといい加減に……」

「るる。静かに」

私を制したのは、他ならぬ翔太だった。

「翔太君」女は睨みつけ、「だから名前を呼ばないでって！」

翔太はひるむことなく、

「呼ぶよ。呼ぶ。だって俺の恋人だ。るるって呼ぶよ、いつもそう呼んでるから」

高らかに宣言した。

「りさ子ちゃん。お願いだ、るるを放してほしい」

「ちょっと、しょーくん」

何言ってるの？

この期に及んで「ちゃん」付けして。

そうやって甘やかすから、また勘違いして暴走する。

女は首をかしげながら、

「だからなんで分かってくれないの？　その人の名前を呼ばないで」

「多分こういう状況だから」翔太は女の言葉に重ねる。「君の考えを初めて知ることができた。言わないことはお互い、分からない。だから、言ってくれたことは、ありがとう」

そして真正面から、

「俺のこと好きになってくれてありがとう」

「しょーくん何言ってんの？　何されたと思ってるの？」

翔太は被害者。私も被害者。

この女は正真正銘の加害者。

いま必要なのは、そんな明白な立ち位置を相手に理解させること。

「だけど翔太は、私に対して、

「だって前から俺のこと応援してくれている人だから。嫌いになったりはできない」

と言いきった。

「翔太君……」

女もうろたえている。

薄く口を開いたまま。翔太の返しは予想外だったようで、戸惑いが見てとれた。

「君が言いたいことは、分かった。分かっただなんて簡単に言っていいかは分からないけど、とにかく、ちゃんと聞いて、受け取れたように思う」

翔太は一言一言、丁寧にことばを選んで、女に話す。

「それでも、俺が好きなのは、この人だ」

ゆっくりと手のひらで私を指す。私を紹介するように。

「俺が好きな人は、篠戸るるだ。君が嫌いなんじゃない。俺は、この人が好きなだけなんだ。君の知らない篠戸るる。君は嫌うかもしれないけど、俺はこの人の良いところを知っている。知ったから好きになれた。だから、君の気持ちには応えられない。君の気持ちを知ったから、次は俺の気持ちも知ってほしい。俺は、そう思う。思った」

今度は、女が黙って翔太に耳を傾けている。

小刻みに乱れた呼吸が、小さく伝わってくる。

翔太は一区切りをつけ、

「ここ座ってもいい？」

ひとり掛けの椅子に向かう。

「どうぞ……」

女が許可すると、翔太は腰を下ろして目を瞑った。

少しの時間が流れる。

すごく穏やかな翔太の姿は、女にとっても意外だったはず。

そうして思い立ったように、翔太がスマホを取り出した。

私はようやく、翔太がここに来た理由を察した。呼び出されたのだ。女が私のスマホで翔太にＬＩＮＥを送ったのだろう。

女は、翔太との対話をのぞんだ。

そして今。

翔太は真面目な顔つきで、フリック入力をはじめる。

「何してるの？」

尋ねても、翔太は応えない。

文字を打ち終わったのか、翔太は女に、

「俺のツイッターを見て」

と告げる。

言われるがままに、女が自分のスマホを出す。

すぐに驚いた目を翔太に向ける。

「これって、でも……」

「うん。いいんだ」

私は話についていけず、

「ねえ。何、どうしたの？」

と身を乗り出した。

翔太が立ち上がり、私のところにやってきて、そっと画面を見せた。

瀬川翔太
【ご報告】お騒がせしてごめんなさい。私、瀬川翔太は、女優の篠戸るるさんとお付き合いしています。真剣に将来のことも考えていきたいと思っていますので、どうか見守っていただけたら嬉しいです。今後ともよろしくお願いします。瀬川翔太」

「ちょっと、しょーくん……！」

そんなこと、勝手に発言して許されるわけない。

事務所だって、舞台の制作会社だって黙っちゃいない。
本人が認めたとなれば、大手マスコミも当然騒ぎ出す。
私の所属する事務所もそうだ。社長をはじめ怒り狂う。
そしてファンたち。
今まで愚痴るだけだった無数の女たちが、さらに牙を剝《む》く。
表立ってのバッシングが激化する。
火に油を注ぐだけ。
「そんなに、都合よくは……！」
都合よくはいかないんだ。
そんなにきれいな世界じゃないんだ。
私たちのいるところ、芸能界は。
使い捨ては当たり前。
新人は上から潰されて。
歳をとれば若手に食われ。
人気と仕事を奪い合いながら。
汚い大人たちの罠《わな》を掻いくぐり。
知らない人に一方的に罵られて。

自分を商品にして切り売りして。

無限に代わりのきくこの世界で。

自分の椅子にすがりつき続ける。

匿名の誰かに人生を台無しにされることだってある。

翔太みたいな正直者が報われる世界じゃない。

開き直りとも取れる、交際宣言。

終わった。

私がすべてを諦めかけたその時。

ポン、ポンと、ツイートの下にリプライが発生する。

「おめでとうございます！」

「これからも応援します！」

「ふたりともお似合いっ！」

ファンからの言葉が連なりだす。

いいねの数もリアルタイムで増えていく。

嘘だ。私は喜ばない。

表面上はそうだろう。

ライトなファンなら祝福する。

もう私は彼女たちの「裏」を知った。

案の定、攻撃的なリプライも飛んでくる。


「今さらそんな報告されても遅いです」

「ファンを散々裏切ってきて何なの?」


ほら結局そう。

言葉は無力だ。

いくら真摯でも、ネットの言葉に「心」をこめることはできない。真意までは届かない。

言葉は無力だ。

目の前にいる人間にすら届かないんだから。

女は、スマホをずっとスクロールしている。

食い入るように、念入りに読んでいる。

それからスマホをしまって翔太に向く。

翔太は待っていたかのように、応える。

「ありがとう」

それが何を意味する「ありがとう」なのか、私には分からない。

私が理解できない女と、私の理解者であるはずの翔太。

ふたりの対話に入り込む隙なんてなかった。

女は哀しげに笑って、

「付き合ってほしいとか、そういうのじゃ、なかったんです。私は、ただ……」

「知ってほしかった。そうだよね？」

女は、かすかに頷いた。

翔太は一呼吸置いて、ゆっくりと、優しい目で告げる。

「俺は、君が俺の恋人にしたことを怒っている。許すつもりはないって正直に言う。でも責めはしない。彼女が家に押しかけたのは事実だ。お互いに許せないことや、分かり合えないことは、人間だからきっとある。解決なんてしないし、『本当の気持ちはこうなのに』とか『こう思ったからこうしたのに』って、言い合うことはできても、でも結局それだけだ。分かり合うことはできない。だけど、それでいいんじゃないかって思う。分かり合えないなりに、君は俺と関わって、俺も君と関わった。それを認めていきたい。俺は俳優で、君は俳優の俺を、俺という人間に魅力を感じてくれた。俺たちの関係が、終わったりはしない」
俺たちの関係。翔太はそう言った。
俳優とファン。一方通行の関係。
そう思っていた関係を、翔太は肯定した。
私が無理だと諦めた対話を、彼は紡いだ。
女の顔には「感情」が芽生えている。
どこかはかなげで、だけど穏やかな。
純朴な佇まいの、小さな女の子。
全身の毒が洗い流されたような。
ひとりの、普通の、人に見えた。
そして女は、りさ子は。
私の後ろにまわり、手の拘束を解いた。
私は間髪容《い》れずに翔太に駆け寄る。足がふらついて、咄嗟に翔太の肩に手を置いた。
りさ子は私に背を向けたまま、しゃがみこんでいる。
「お邪魔しました」
靴脱ぎ場で、翔太はお辞儀をする。
「舞台の本番、頑張ってください。楽しみにしています」

小さく、りさ子は確かにそう言った。

「うん、ありがとう」

最後にそう言い残して、翔太と私は、部屋を後にした。


「まず病院に行こう」

アパートを出ると、翔太は開口一番そう言った。

「大きい通りに出てタクシー拾おう。歩ける？」

「うん……」

頭痛と足の痛みは相変わらずだけど、自立歩行はできていた。

暗く、細い道を歩く。ゆっくりと、一歩ずつ。

寂しい夜だった。

私はほんの少し歩いただけで止まってしまう。

「るる？」

私は大声で泣いていた。

あふれるままに涙を垂れ流し、声をあげる。

翔太に静かに抱きしめられて、もっと泣く。

話したいことがいっぱいある。
翔太ごめんね。
そしてありがとう。
私、私は――。

あれから四日が過ぎた。

病院で処置を受けた時にはお医者さんに経緯をしつこく追及された。

私と翔太は「階段で転んだ」と言い張った。背後から殴られているのは明らかだし、時間が経っていたのも怪しかったようで、翔太がDVを疑われるにまで至った。

ふたりで強引にやり過ごして、検査を終えた。事件沙汰になるのは回避できた。後頭部に外傷が認められたものの脳へのダメージは奇跡的に浅く、断言はできないがこのまま安静にしていれば大丈夫と、お医者さんは言ってくれた。

ネット上は相変わらずだ。

正式に交際を認めて、私は「大人たち」にとても叱られ、翔太もマネージャーから厳重注意を受けた。だけどそれだけだった。別れを強要されなかったし、うちの社長も「成人してるんだからうまくやれ」と締めくくって説教を終えた。どちらかと言うと、頭の怪我のほうを心配されていた。ちょっと人の優しさに触れた瞬間だった。

ツイッター界隈は新しい燃料投下で賑わっている。話題が尽きて、失速するのを待つしかない。

私は翔太と約束した。
「匂わせ」とみなされる行為は一切やめると。
その代わり、私は翔太に本心を打ち明けた。
翔太が誰かに取られるんじゃないかって不安だったこと。
翔太を自慢できる環境にあって我慢ができなかったこと。
ファンのいる人と交際できる自分に優越感があったこと。
汚いところも弱いところも。
ぜんぶ、翔太に吐き出した。
翔太は嫌な顔ひとつしなかった。
「もう大丈夫。みんな知っちゃったから」
そう言って笑ってくれた。
まだ傷が痛むから泣かせないでと、私は翔太の肩をはたいた。
未熟な私を選んでくれてありがとうと思った。

あの夜のことをよく思い出す。
やっぱりまだ怖い。震えてしまう。
あれからすごく考えた。

自分なりに向き合った。
りさ子。
あの人のことは正直やっぱり理解できない。
私にとってファンとは、境界線の向こう側。
もし恋愛を通り越して神さまだとしたら。
近づきすぎてはいけなかったんだと思う。
翔太のことをりさ子は太陽に例えていた。
太陽に近づきたくて彼女は羽を作った。
妄想という蠟《ろう》で塗り固めた、偽りの羽。
太陽に向けて羽ばたけば、羽は溶ける。
いつか必ずどこかで堕《お》ちてしまう。
だけど翔太は。
堕ちていくりさ子に、手を差し伸べた。
瀬川翔太という人間を、私は見た。
私は思う。
理解はできない。
だけどあの子は。

ただ知ってほしかっただけ。
行き場をなくした翔太への想い。
潰れてしまいそうな感情の発露。
翔太に知ってさえもらえたらよかった。
誰にも理解されないことを、理解を求めるのではなく。
ただ知ってほしかっただけ。
それだって普通は叶うものじゃない。
あんな暴走を、許されたりもしない。
だけど翔太は向き合った。
初めて人と人とが向き合う瞬間。私はそれを垣間見た。
だから私も、自分自身と、翔太と向き合う。
エゴや自尊心から少し離れて。
人を知ろうと思ってみる。

インターホンが鳴る。
怯《おび》えさせる音だったのも今は昔。私は画面を確認する。
愛しの翔太のシルエットが映っている。

私はオートロックを解除して、玄関前で待つ。明かりが自動でともる。明るい。この部屋はなんて光に包まれているんだろう。

しばらくして足音がする。翔太のものだ。歩き方に癖がある。一緒に住んでいるから知っている。彼氏だから知っている。

私は翔太のことをたくさん知っている。

これからも、知っていく。

私は先立って扉を開ける。

そこに立っていたのは、

「わ。びっくりした」

もちろん翔太だ。当たり前。

「えへへ。おかえりしょーくん」

私は笑顔でお出迎え。

靴を脱いだ翔太と一緒にリビングへ。

「稽古最終日、お疲れ様。出来はどうだった？」

「うん」

「今日ね、ごはん作ったの！」

「そうなんだ」

「珍しいでしょ？　ちょっと時間あったから」

ビーフストロガノフ。

久しぶりに、腕によりをかけた。

スマホ中毒からの脱却も兼ねて、料理に凝ってみようかな。

「あっためるだけですぐ食べられるよ」

言いながら私はキッチンに向かう。

「あのさ、るる」

「どうしたの？」

私は振り返り、ぎょっとする。

翔太の表情がこの上なく陰っていた。

先日の騒動なんて比じゃないほどに。

十歳は老け込んで見えた。

「え……ちょっと、大丈夫？」

翔太に何かあった？

ストーキング再開？

私は押し寄せるマイナス思考を取っ払いたくて、

「ねえ。どうしたの教えて？」

と、翔太に詰め寄った。
翔太と私の目が合う。
深刻で、絶望的なまなざし。
その目には一切の光がなく。
奈落の底のような黒だった。
私は、憶えている。
この色はあの時の。
あの部屋の、暗黒。
そして翔太は私に言った。
「もう、終わりかもしれない」

エピローグ

「本日はご来場いただき誠にありがとうございます！」

センターに立つ「彼」の声が、劇場内に響き渡る。

大喝采の拍手に負けじと。

大迫力の音楽に負けじと。

あっきーのよく通る声が、客席の最後列にまで伝わるのが分かった。

私は首が痛くなるくらいステージを見上げる。最前列の上手《かみて》からあっきーを凝視する。

会場内の熱狂は収まることもなく、三度目のカーテンコールがはじまろうとしていた。

「トリプルコールありがとうございます。本当に皆さんの愛をいっぱい感じながら、そして僕も愛情いっぱいに、みんなで稽古を重ねてきました。観てもらえて本当に嬉しいです！」

舞台初日はいつものカーテンコールとは違う。

演じる側も見る側も、格別の想いを共有できる。

輝かしい黄色い閃光《せんこう》のなか。

幽玄なエンディング曲が流れるなか。

これから長い道のりを走り続けるマラソンランナーたちが、凜々しい顔つきで一列に並んでいる。それぞれのキャラクターの衣装を身にまとったまま、そのキャラクターを脱いだ「俳優」として、超満員のお客さんに視線を送っている。二時間の濃密な物語に魅了されていた私たちも、お芝居の世界から現実世界へと帰還する。そして盛大な拍手をおくる。こんなに素敵な舞台をありがとうございます。こんなに心揺さぶる感動をありがとうございます。めいっぱいの感謝を込めて手を叩く。

「舞台『けまりストライカーズ！〜雲に入るシュート〜』おかげさまで本日、幕を開けることができました！」

最初のカーテンコールの挨拶と同じことを言っている。私はふふっと小さく笑う。緊張しているのかな。でも、普段より気合いが入っている。それはそうだ。新しい舞台シリーズのスタートを切る公演。どれだけのプレッシャーだろう。あっきーの演じる「藤《ふじ》原《わらのさだいえ》定家」が主人公ということもあって、台詞の量も膨大で、ボール回しのアクションも多かった。二時間、人前で集中力を切らすことなく、一人の人物を演じられるなんて。私にはそれがどんなに難しいことなのか、想像すらできない。本当に尊敬する。

「あっきーさん。さっき言いましたよそれ。緊張してるんですか？」

「してないよ〜！」

後輩俳優のいじりがはいって、客席が一斉に笑う。あたたかい。みんなが、主演という大役を担うあっきーを見守っている。本当にたくさんの人に支えられているんだなあと、何だか私まで嬉しくなる。

「じゃあせっかくなので、ケイト。何か一言」

「ええ？　俺っすか？」

後輩の若手俳優にバトンを渡して難を逃れるあっきー。うまい。座長だけど若手にいじられつつ、それでいて新人もしっかり立てる。二十三歳という若さで面倒見の良い、愛されキャラ。愛嬌《あいきょう》があって、小動物系で、でもどこか男くさくて、可愛いのにかっこいいってギャップも大好きだ。ここのところ演技力も向上した。将来もっとブレイクすると思う。

『後鳥羽《ごとば》天皇』役を演じさせていただきました、室谷《むろや》ケイトです。今回、初舞台で緊張することも多くて、あっきーさんのような先輩にたくさん支えられて、そしてお客様にもあたたかく見守っていただきながら、食らいついてきました。舞台って最高ですね。皆さんもそうですよね!?」

賛同の声援が飛ぶ。

「みんなありがとうーっ！」

あっきーがもう一度、明日も全力で頑張りますと告げる。そろそろ至福の時間もおしまい。あっきーが「それでは」と息を整えて、

「本日はご来場いただきまして！　誠に！」いよいよラストだ。「ありがとうございました！」

「「ありがとうございました！」」

劇場の天井が壊れるんじゃないかってくらいの拍手が巻き起こる。俳優たちは笑顔を振りまいて舞台袖に去っていく。

音楽が消え、拍手の音が残るなか、終演のアナウンスが流れはじめる。人がまばらに席を立ちはじめる。華やかな話し声があちこちで生まれはじめる。

物語の世界を共有していた観客たちは、またそれぞれの「日常」に戻る。また私たちの「日常」がはじまる。

だけど「魔法」はまだ続いている。

明日も明後日も、ステージがある。

それまでは日常なんて、うわの空。

千秋楽まで夢心地のまま過ごせる。

ああ、はじまった。

かけがえのない時間。

かけがえのない体験。

――今回も本当に素敵な時間を一週間にわたって堪能できる。誰もいなくなった空っぽのステージ。私は心のなかで、両手を合わせてお辞儀した。

舞台『けまりストライカーズ！』の公演が、大盛況で始動した。『けまりストライカーズ！』通称「まりステ」は、スランプ中の現役Jリーガーが平安時代にタイムスリップして、「けまりバトル」に巻き込まれるという漫画原作の人気舞台。ヒロインは登場せず、Jリーガーの相棒となる主人公「藤原定家」をはじめ、個性豊かなイケメン俳優が平安装束や鎧《よろい》に身を包み、熱い試合を展開する。舞台化が決まった際には、けまりの何が面白いの？　とか登場人物がマニアックすぎてよく分からないとかアンチに散々馬鹿にされて叩かれたにもかかわらず、実力派の若手俳優あっきーを中心にキャスティングが発表されると注目度が急上昇、舞台の完成度の高さに私たち初日の客は圧倒された。きっと舞台レポがたくさん書き綴られて話題になる。キャラデザインと「けまりバトル」の斬新な演出が相まって、既存の2.5次元舞台シリーズをおびやかす大ヒットになること間違いなし。すでに続編も決まっていて順風満帆。あっきーの功績は大きい。推していて良かった。

舞台は終わってしまえば、もう二度と本物は観られない。

でもこうやって応援していれば、また次の舞台が決まる。

不確かな可能性を信じ、私は今日もあっきーに会いに来た。

たとえ退屈でつまらない「リアル」が日常だとしても。

私は明日も劇場に足を運び、愛する人のもとへ戻ってくる。

そのために私は。

愛で、人を推す。


劇場を出ると、外は蒸し暑かった。

九月はまだ日が落ちても熱が残っている。上着を脱ぎたかったけど、せっかくのコーデが崩れるから耐える。

劇場のまわりには、まだ人がたくさん残っていた。

ほとんどが、私と同じ二十代に見える。ひとりでスマホをいじっている人。グループで固まっている人。みんな、出演者の誰かを好きな人なんだ。あっきーを好きな人もいっぱいいるはず。そう考えると胸がざわついた。

「なまら最高だったべさ〜！」

「それな〜！」

ふたり組が私の傍を通り過ぎた。興奮気味に感想をまくし立てている。

ひとりは遠征だろうか、大きな荷物カートをがらがらと引いている。はるばる遠方からご苦労様。もうひとりの巨漢はゴスロリ服に身を包んでいる。似合わないからやめた方がいい。

周囲を見渡しても、可愛い子はいない。

そんなんじゃ振り向いてもらえないよ。

私はひとり、笑みがこぼれた。

そんなんじゃダメ。どれだけお金使って、毎ステージ舞台に通って、高価なプレゼントを渡してもそれは最低限の当たり前。スタートラインに立っているだけ。

それだけじゃ認知されない。

私はそれを経験から学んだ。

「特別」になるには。望む「関係」になるには。

もっと他に必要な要素がある。

スタートラインから、全力疾走で誰よりもはやく相手のもとに辿り着くには。

誰よりも、可愛くなくちゃいけない。

ファンの中で誰よりも可愛いなら絶対に見つけてもらえる。

近くにいる女優やアイドルに見劣りしなければ出し抜ける。

愛だけじゃダメ。愛だけじゃ足りない。

愛は、いつも私を裏切る。

私はそれを二度も経験した。

だから私は愛をこえて、さらにあなたに恋をする。

一年間。私はそのために「投資」した。

目を開き、鼻を高く、輪郭を削り、人中を短く、顎下を脂肪吸引。

抵抗があったのは最初だけ。

自分の容姿に興味はなかったけど、相手のためなら実行する。彼のためなら何だってできる。私にとっては普通のこと。

おかげで私は生まれ変わった。

職場の同僚たちは陰口を叩いている。ローンの返済も険しい道のり。

だけど大丈夫。手にしたものは大きい。

私は劇場の裏手にまわり、搬入口を目指す。

業界人や有名人がすでに何人も群がっていた。

私はマスクをして、入口に立つスタッフさんに声をかけた。

名前を告げると、手に持ったボードのリストを確認しはじめる。

口にしたのは嘘の名前。だけど、そのボードに存在するであろう名前。

あっきーと仲がいいアピールをしているモデルの子。

さっき劇場内の客席で姿を見かけたから大丈夫。

そしてスタッフさんがボードにチェックマークを入れた。

「こちらです」

連れだって、奥に案内してくれる。

「こちらで少々お待ちください。まもなく出てきます」

舞台裏。うら寂しい開けたスペースで、私は待つ。

大好きな、私の生きる希望。

私の太陽を。

「あっきーさん、お疲れ様でしたーっ！」

ステージから楽屋に戻ると、ケイトの元気な挨拶が出迎えた。さすが十九歳。初日が終わっても体力が有り余っている様子。僕は「おう」と応えてウィッグと衣装を脱ぐ。全身から湯気がむわっと立ち込めた。

「いやー。はじまりましたねえ」

本番終わりで高ぶっているケイトに、

「初舞台どうだった？」

と聞いてみる。

「いやー。いいっすね舞台って。お客さんのリアクションが、こうストレートにガツンってくるじゃないすか。これはハマっちゃうなあ！」

清々《すがすが》しい奴だ。こういう若手は人に好かれる。演技も素人にしては悪くないし、演出家も目をかけていたから伸びるかも。筋トレが趣味のケイトは肉体も仕上がっている。将来が有望な後輩を可愛がっておけば、後で見返りも大きい。

「無事に幕が開けてよかったですね」

別の若手も会話に入ってくる。

無事に。その通り。

まだ油断はできない。全ステージを終えるまでは。

「誰ひとり欠けることなく、無事にみんなで走り切ることができて良かった」という、よく俳優が千秋楽に口にする言葉の重さを、僕は今だから実感できる。舞台はナマモノ。アクシデントがないのは奇跡と思うようになっていた。

そう。

『政権☆伝説』の元キャストとして。

舞台の恐ろしさを、僕は胸に刻んでいる。


一年前。

翔太さんが篠戸るると交際を公言したあの日。

あの日から、地獄のような日々がはじまった。

炎上の鎮静化を目論《もくろ》んだ翔太さんのツイートは、初めは好意的な意見も多かったけど、水面下では古参ファンやガチ恋勢たちの怒りを買い、すぐにバッシングが再燃。担降り宣言、ファンを辞める人が跡を絶たなかった。

チケット転売サイトに「政権☆伝説のチケットお譲りします」の嵐が吹き荒れた。大量供給によって取引価格は急降下。翔太さん人気の凋落《ちょうらく》ぶりは、池袋の俳優グッズ販売店に持ち込まれるブロマイドの数が証明していた。「大量★入荷！　瀬川翔太さん！」というお店のツイートが流れてくるのを見ては、せせら笑ったものだ。

しかし。

事態は対岸の火事では済まなかった。

とんでもない事件が起こった。

暴力沙汰の結果、舞台初日の前日に
三村孝介さんの降板が決定!

なぜか一緒に**ヒロイン役の長谷川佑子さんも降板**という事態に発展しました。
長谷川佑子さんの降板理由は、はっきりとは発表されませんでした。さまざまな憶測がネット上では飛び交っています。
有力と思われる噂だと、長谷川佑子さんは加害者の三村孝介さんとお付き合いをされていたのではないかと言われています。
長谷川佑子さんを取り合って、演出家と俳優がケンカしたのかもしれませんね。
同じ舞台のなかでの三角関係。まさに泥沼ですね(汗)

この事件によって、チケットキャンセルが相次ぎ、
客席はガラガラとなってしまったようです。
当たり前のように『政権☆伝説』シリーズは
打ち切りとなりました。
その後の公式サイトの更新もなく、忘れさられてしまいました。

まさに「伝説」となりましたね!(笑)
出演者たちの、その後の活躍もパッとしません。
今期の注目ドラマで、ヒロインの相手役に抜擢された泰平さんは、この舞台に出演していたようですが、
事務所のプロフィールからは削除されていました。
黒歴史というやつでしょうね!
今や大人気ジャンルとなったイケメン舞台ですが、
その舞台裏ではいろんなことが起きていたようです。

今後はファンを悲しませるようなことがないように、
頑張ってほしいと思います。

最後まで読んでいただきありがとうございました!

芸能ちゃんねる

話題の情報イッキ読み!

まとめトップ 〉 舞台・ミュージカル 〉 俳優 〉 『政権☆伝説』シリーズ最新…

『政権☆伝説』シリーズ最新作が大コケ？理由はヒロインの三角関係？

俳優　政権☆伝説

皆さんは舞台『政権☆伝説』シリーズを知っていますか?

総理大臣がイケメンキャラになって戦うバトルもの!

ヒロイン視点で進む乙女ゲームで話題になりましたよね。

その舞台版の最新作、『政権☆伝説 ―維新胎動!復活の初代内閣編』が昨年9月に上演されました!

もともとチケット完売が当たり前の大人気舞台でしたが、
今回はなぜか客席がガラガラだったみたいです。

その謎について調べてみました!

舞台本番の1週間前に、主演「原敬」役の俳優、瀬川翔太さんが、カノバレ（彼女がいることがバレること）して炎上!

その相手がグラビアアイドルの篠戸るるさんというのも驚きでした。

人気出演俳優の炎上騒ぎで、チケットの売れ行きもあやしくなりました。

さらに数日後、『政権☆伝説』の**演出家・竹澤あやはさんが、出演者の三村孝介さんに殴られるという事件が起こりました!**

そして竹澤あやはさんは、三村孝介さんを傷害罪で告訴してしまったのです! 殴った原因を調べてみたところ、ネット上では理由は見つかりませんでした。

謎のまとめサイト。誰が作ったのかも分からない。

ゆっこさんの彼氏は孝介さんじゃなくて泰平さんだし、間違いが目立つ。

嘘ばかりが、拡散されて知れ渡っていく。

これがネットに流布する僕たちの「真実」。

だけど「真相」は誰にも知られていない。

篠戸るるとの交際ツイートをしてから数日間。

稽古場の空気は最悪だった。当然、稽古の進みはさらに遅れて白けたムードが蔓延。

不機嫌になったあやはさんが、その日は稽古を早めに切り上げた。

僕はすぐに稽古場を出たから、詳しい経緯は分からない。事情はすべて孝介さんから聞いた。

その日。映画のロケで稽古NGを出していた孝介さんが、予定より早く終わったから

と稽古場に行くと、あやはさんとゆっこさん、ふたりが更衣室で性行為に及んでいるのに遭遇する。

ふたりは泰平さんに隠れて、秘密の恋を愉しんでいた。舞台演出家は女にだらしない

と相場が決まっているが、まさか同じ座組に恋人がいるなかで情事にふけるとは……リスキーな方が燃えあがるということか。泰平さんはカヤの外、孝介さんは激昂《げきこう》して、あやはさんに暴行を加える。全治二週間の怪我。男として惚れこんだ演出家の裏切りが許せなかったらしい。

自分本位な正義感。泰平さんならまだしも、孝介さんに殴られるいわれのないあやはさんは、すぐさま傷害罪で警察に訴えた。結局、すぐ示談で不起訴処分になったらしいけど、その情報が漏れて、世間の知るところとなる。

制作会社の役員とプロデューサーは謝罪、ゆっこさんと孝介さんは降板、あやはさんは今作をもって舞台『政権☆伝説』の終了を宣言。信じがたいことに、初日を迎える前日の話だ。完全に冷め切ったコンテンツと化し、チケットはさらに譲渡に出され、僕たちは客席の半分も埋まっていない劇場で、最低のモチベーションで芝居をやった。

ふたりの降板を出しての公演……。

孝介さんはゾンビ役なので、いなくても大して影響はなかった。

ゆっこさんの不在は大問題だった。何せヒロイン役だ。本番直前すぎる降板で代役もつかまらず、残された僕たちは仕方なく「舞台上にゆっこさんがいる」という設定で無理やり演技をした。

虚空に向けて投げかけられる、イケメン総理たちの愛の言葉。

プレイヤーの視点であるヒロインが「透明」になったことで、『政権☆伝説』は真の完成をみた。……もちろん皮肉だ。

あれから一年。

僕はまた、同じ劇場に戻ってきた。

そしてついに主演にのぼり詰めた。

巻き添えで僕の俳優人生も終わりかと思った矢先、スケジュールの空いた僕に知り合いのプロデューサーが声をかけてきた。

「まったく新しい2.5次元舞台を作るから」

そうオファーをされて今に至るが、この『けまりストライカーズ！』も目新しさは特にない。若くてルックスのいい俳優たちに、時代モノの派手な衣装を着せて、板の上でダンスやアクションをさせるだけ。何番煎じだろうが、舞台ファンはまだまだ健在。儲《もう》けられるうちはとことん儲けたいのだろう。僕も同じだ。今はとにかく場数をこなして稼ぐ。そして数年後にはドラマ・映画に転進する。

すべては、その足掛かり。

いまだ野望は捨ててない。

翔太さんをはじめ、かつてのメンバーの近況は知らない。泰平さんだけが、舞台に見切りをつけてドラマに出ている。でもあれは事務所の力にすぎない。使い捨てされるのも時間の問題。他の人はどうしているだろう。演技の仕事がないだけで、きっと今ごろはコンビニか居酒屋でバイトして元気に暮らしている。『政権☆伝説』を惜しむ声もとんと聞かない。流行はめまぐるしい。誰も、旬を過ぎた「燃え殻」には見向きもしない。

賢護さんも結局、また俳優を辞めてしまった。色々とショックが大きかったのだろう。

稽古場飲みで過去のエピソードを聞いた後、僕は気になって当時のことを深く調べた。

かつてストーカーに苦しんだ時のツイートを見つけた。

宮永賢護
「突然のご報告ですが、僕、宮永賢護は俳優業を引退します。お騒がせして申し訳ありません。本当のことを知ってほしいと思いましたが、事実を、言葉で真っすぐ伝えることの、何て難しいことか。分かります。知ってほしいだけなんだよな。分かる、でも人の本当の気持ちは、一生知ることができない。今まで応援ありがとうございました」

自分に酔っているなあというのが率直な感想。

思わせぶりな書き方だ。理解を示しているようで、最後には「今まで応援ありがとうございました」と一方的に過去形にして打ち切っている。こんなもので心の整理はつかない。ストーカー女も、よくこれで引き下がったものだ。ゆっこさんの言った通り、折よく、次の「推し」を見つけたのだろう。

そういえば、瑛太郎も半年前にネットで炎上していた。

ヤリ捨てされたファンが彼の悪行をバラしていた。ハメ撮りして弱みを握って、奴隷のように扱っていたらしい。女は隠し撮りで逆襲に成功、瑛太郎のあられもない全裸画像がバラ撒かれていた。馬鹿め。だからあれほど気をつけろと言ったのに自業自得だ。

まあどうだっていい。

終わった役者の、その後なんて。

僕は生き残った。僕は這い上がった。

勝ったのは僕だ。

行き場を失った元『政権☆伝説』ファンを独占したまま、新しい舞台の動員数に貢献した。プロデューサーからの信任も一層厚くなる。

まだまだ。こんなところでは止まらない。

僕は僕の人生においても主役を勝ち取る。

「あっきーさん。面会です」

「あっ、はーい」

スタッフに呼ばれたので、急いで着替えを終える。額の汗をタオルで拭って、鏡を確認。メイクが崩れているので先に落とそう。

「いま行きますねー」

そう告げて、メイク落としを手に取る。手慣れたものですぐに「藤原定家」から「秋山悠」へと戻った。

「あっきーさん、誰来てるんすか？」

ケイトが隣から肘をぶつけてくる。

「さあ誰だろう」

「女っすか？　女っすか？」

「ちげーよ」

たぶん違わないけど。今日観に来るって言ってたはず。

「あーあ。俺もカノジョ欲しいっす」

「彼女じゃないよ」

僕は立ち上がる。

恋人を作らない主義に変わりはない。

だけど外見がよくて僕の「審査基準」を満たせば。

たまに相手をしてあげるくらいにはなれる。

価値の高い男には、女が自然と寄ってくる。

だからこそ。取捨選択は怠らない。

瑛太郎のように無差別に遊ぶのも。

ゆっこさんのように職場で危険を冒すのも。

翔太さんのように頭の弱い女に振り回されるのも。

すべて愚の骨頂。

せいぜい足を引っ張られて沈めばいい。

ああそうか。もう沈んで誰もいなくなっちゃったか。

まったく愉快なことだ。ははっ。


僕は楽屋を出て、面会スペースの劇場搬入口に向かう。

すでに何人かの役者が、関係者と交流していた。最近テレビでよく見るアイドルや、大御所作家と演出家の顔もあった。主演だし、あとでプロデューサーから紹介してもらえないかな。

「あれ……？」

一通り見渡しても、相手はいなかった。

おかしいな。僕はスマホを取り出す。

「あの……」

声をかけられて、顔をあげる。

知らない女性だった。

「はい？」

「その……すごく良かったです」

「ああ、ありがとうございます」

少し緊張しているのか、頬を赤らめている。

誰の知り合いだろう？　なかなかのレベル。

女優かな。アイドルっぽくはない。モデルの雰囲気ともまた違う。

僕は瞬時に「審査」する。

まだ業界に入って日が浅いに違いない、全然すれていない。

おしとやかさを感じさせるのもいい。

周囲の女は、自信に溢れた我が強いのばかり。

「応援しています、頑張ってください」

そう言って彼女は笑った。

僕はもう一度お礼を言う。

「あっ！　あっきー！　いたいた！」

聞きなれた声が叫ばれる。

僕の古株「処理班」のひとりが小走りにやってくる。

僕は彼女に「ちょっとごめんね」と言って、処理班に歩み寄った。

「あっきーお疲れ様」

「ああ。遅かったじゃん、何してたの？」

「ＬＩＮＥしたよ」

「え、いつ？」

言いながら手に持ったままのスマホを見る。ほんとだ。

「楽屋行こうとしたら呼び止められた！」

「連絡ちょうだい……！」

「何でだよ、名前言えば入れるって言ったじゃん」

前にも来たことあるのに。何をやってるんだか。

「違うの。名前はちゃんと言ったの」

処理班は眉をつり上げて、

「さっきお越しになられました、って言われて」

「どういうこと？」

「私にも分かんないよ。ニセモノ扱いされた！」

ご立腹だ。この処理班は、売れない読モのくせにプライドだけは高い。スタッフに横柄に扱われたのだろう。

「まあいいじゃん。入れたんだし」

「そうだけど」

「来てくれてありがとね。どうだった？」

「それはもう……あっきー最高にかっこよかった！」

「はは。ありがとう」

差し入れを受け取って、僕は「そろそろ」と言って楽屋に戻る仕草をする。処理班が小声で「次いつ家に来れる？」なんて口走ったものだから、睨みつけて黙らせた。まったく。いつどこで誰が聞いているか分からないのに。

処理班は反省の色を浮かべながら、搬入口からとぼとぼ出て行った。やれやれ。守秘について緩くなってきたな。まだそんなにカラダは飽きてないけど、切り時かもしれない。

僕は楽屋に戻る前に、さっきの子を探した。

もう彼女の姿はなかった。

名前くらいは聞いておくんだった。惜しいことをした。

まあいいや。次に会った時にはこっちから声をかけよう。

処理班の人員交換もアリだな。

僕はいやらしい思いを表情には出さず、楽屋へと引き返した。

途中ですれ違ったスタッフが、

「あっきーさん」

と、僕を呼び止める。

「ちょうどよかった。お客さんからお手紙預かってます」

そう言って手渡しされた。

「プレゼントボックスにまとめてくれれば大丈夫っすよ」

去りかけているスタッフに僕はそう言ったが、

「すみません。今そこで預かったもので」

失礼しましたと頭を下げて、駆け足で舞台面に向かっていく。忙しそうだ。引き留めて悪かった。

僕はそのまま歩き出す。

初日の終わった解放感で、性欲が高まってくる。

さあて明日からもお仕事頑張ろう。

手に持った手紙には、「RISAKO.」と可愛い字が並んでいた。

解説

劇団雌猫

――『りさ子のガチ恋♡俳優沼』公式Twitter開設しました。

Twitterのタイムラインにそんな一文が流れてきたのは、二〇一七年六月のこと。本書の原作舞台の告知ツイートだったのだが、一目見て、ふ、不穏な予感のするタイトルだ……と思った。同じように感じたあなたは、たぶん同志ですね？

「ガチ恋」「沼」とは、共にオタク用語である。「ガチ恋」は、「アイドルや俳優など、客観的に見て関係性の薄い、恋愛が成就しそうにない相手に本気で恋をする」こと。「沼」は、「一度入ったら足を取られて抜け出せない沼のように、好きになったジャンルにハマってなかなか抜け出せない様子」のことを言う。

つまり、タイトルからわかるとおり、この話は「りさ子が俳優に本気で恋をして抜け出せなくなっている様子」が描かれているのだ。何とも救いようがない。

主人公のりさ子は、26歳のＯＬ。2.5次元舞台に出演する若手舞台俳優の追っかけをしている俳優オタクだ。2.5次元舞台とは、アニメやマンガなどの二次元作品が原作の舞台のこと。三次元に存在する役者が二次元のキャラクターそっくりなヘアメイク・衣装に着替え、さながら二次元から三次元にキャラクターが出てきたように演じることからその名がついた。

りさ子の「推し」――つまり「一番好きな俳優」は、舞台『政権☆伝説』主演の若手舞台俳優・翔太《しょうた》君。りさ子は、彼の出演している舞台は有給を使って全通（全部の公演を観《み》ること）し、劇場のプレゼントボックスに高価なプレゼントを突っ込み、公演がない休日は同じオタク仲間のアリスやたまちゃんと一緒にカラオケで舞台のＤＶＤを観る。

私たち劇団雌猫も、皆りさ子と同じ社会人で、何らかのオタク趣味を持っている。中にはりさ子と同じく2.5次元舞台に出演する若手舞台俳優のファンをしているメンバーもいる。それゆえ、本書には、あるある～！と言いたくなるポイントがたくさんある。

例えば、りさ子が舞台の公演期間中ロビーに設置されるプレゼントボックスの中に、翔太君宛にクロムハーツの新作を突っ込む場面。翔太君は駆け出しの俳優でお金がないから、「クロムハーツが好き」と言いつつリングとネックレスしか持っていない。だから、りさ子はボーナスをはたいて新作をプレゼント。金額もさることながら、そもそも翔太君が「クロムハーツが好き」「でも大してアイテムを持っていない」という情報を得るために、すごく小さなインタビュー記事やブログにアップされた写真の隅々までチェックしたであろうりさ子のことを思うと、なんともいじらしい気持ちになる。

他にも、生活費を切り詰めて舞台を全通したり、千秋楽後はオタク仲間と一緒に大衆居酒屋で「打ち上げ」と称して舞台の感想を言い合う飲み会をしたり……。著者は、一体どこで私たちの姿を観察していたのか!?と怖くなるくらい、リアルな「俳優オタク」の姿が描かれているのだ。

特に、現役の若手舞台俳優ファンとして妙なリアリティを感じたのは「愚痴垢《ぐちあか》」の描写である。

「愚痴垢」とは、対象への悪口や愚痴だけを書き連ねるTwitterアカウントのこと。そのほとんどは匿名で、アカウント名やプロフィール画像も初期設定のままなので、「中の人」の素性がわからない。それをいいことに、見ていて悲しくなるような悪口を言いまくる気味の悪いアカウント……なのだが、その表現も妙にリアル。

「まーた売れっ子瀬川翔太さんのかまちょタイム（）ですか」

「みんなで飲んでますって自撮りあげて認知されようとする女はどうせ自分がブスなのも自覚できていないのよね。その顔を見せられるこっちの身にもなってほしいわ」

……あぁ、こういうツイート、よく目にするな……という、何とも言えない「愚痴垢文法」がきちんと成り立っているあたり、著者のこだわりを感じる。実際に愚痴垢を見て研究したのだろうか。

「愚痴垢」には、一昔前の「2ちゃんねる」と同じように、匿名ゆえどんどん発言が過激になる側面がある。叩《たた》かれている本人からすると、顔のわからない大勢から一斉にいじめられているような恐怖があるだろう。その中にはもしかすると、自分のライバル俳優や、自分をよく思っていない芸能関係者もいるかも知れない。さらに2ちゃんねると違って、愚痴垢は「RT《リツイート》」される。スキャンダラスな情報に一度火がついて拡散すると、もう自分にはどうしようもできないところまで、燃え広がってしまうのだ。

悲しいかな、愚痴垢もまた今を生きるオタクたちには切っても切れない悪《あ》しき流行である。

さて。物語の主人公・りさ子にとって、自分の人生は平凡でつまらないものだ。仕事も、誰にでもできて代わりのきくもの。自分が人生の主役になれないから、舞台上で輝く翔太君を応援する。りさ子にとって、家でも会社でもなく、劇場の客席こそが、一番自分の存在価値を認識できる居場所なのである。

りさ子は言う。

〈翔太君は私の生きる希望。抱きしめてくれる、太陽。〉

この言葉にも、とても頷《うなず》ける。仕事でミスをして凹《へこ》んでいるとき、親から「あんたいい年して舞台ばっかり見てるけど、彼氏は？」攻撃にあったとき……やるせない現実が嫌になっても、私たちオタクは「推し」の姿を摂取することで日常へのやる気を取り戻す。どんなに平日が辛くても、週末に舞台を観れば「明日からの一週間、またなんとか頑張るか！」という気持ちになるのである。

「推しによって精神の安定をはかっている」という点において、りさ子の、そして私たちのオタク趣味は、ある種「宗教」に近いのかも知れない。

しかし、私たちが信仰しているのは神様ではなく、生身の人間だから厄介だ。生身の人間なので、当然彼らは時に間違ったこともする。私たちが作り上げた「偶像」の姿から、離れていってしまうこともある。そうなったときにも、私たちは彼らを今まで通り応援することはできるのだろうか？

物語の中盤で、翔太君は彼女がいることがファンの人たちにバレてしまう。舞台俳優はアイドルと違って、だいたいの場合恋愛禁止ではない。しかしファンはほぼ異性だし、駆け出しの俳優として、芝居だけではなく握手会やTwitterを始めとするファンサービスをこなし、「恋愛なんて二の次、仕事を真剣に頑張ります！」という態度で普段から活動しているため、いざ彼女が発覚すると、ファンは一瞬にして彼を攻撃するアンチと化す。

翔太君の場合も同様だ。りさ子からの「彼女いますか？」というTwitterでの質問に〈いません、今は仕事が生きがい！〉と言い切ってしまっていたがためにたちが悪い。ノーコメントを貫くこともできたのに、何故そこでウソをついたのだ、翔太よ……と、この後の惨事を思って頭を抱えてしまうが、とにかくこの件と、さらにもうひとつショックなことが重なって、りさ子の心は次第に壊れていき、最後には大事件が起きてしまう。

なぜ、りさ子の心が崩壊してしまったのか。それはたぶん、りさ子が自分で自分の信仰にブレーキをかけることができなかったからだ。

当初、りさ子の翔太君への感情は、「客席から見ているだけで充分」だった。しかし、翔太君がプレゼントしたクロムハーツの新作を着けてSNSに自撮りをアップしてくれたり、ハイタッチのとき自分一人だけに指をぎゅっと絡めてくれた（ように感じた）りするうちに、どんどん「自分は翔太君にとって特別な存在なのではないか」という思い込みが強くなっていく。拙著ながら、『浪費図鑑―悪友たちのないしょ話―』内のエッセイ「若手俳優で浪費する女」にも、同じような記述がある。一度「推し」が自分からのプレゼントを身につけてくれると、自分が「推し」から認められたような気がして、次はもっと高価なものをあげよう、その次はもっと……と、どんどん加速してゆくのだ。

何も知らない職場の同僚の「相手も男なんだからこのまま押せば付き合えるかも」という無責任なアドバイスも手伝って、りさ子の思いは膨れ上がっていく。ただ一方的に応援しているだけの「その他大勢」のファンとは違い、自分が好意を寄せた分だけ、相手からも何か見返りが欲しいと思うようになってしまう。

〈ガチ恋って？

私の翔太君への想いって？

好きって、何なんだろう？

私は、翔太君に何を望み、何を欲しがっているのだろう？〉

悩めるりさ子の気持ちに、共感できる俳優ファンも多いのではないだろうか。

俳優ファンを長くやっていると、「これは推しからの特別扱いかも？」と思ってしまうような出来事が一つはあるものだ。それが何度か続くうちに、「ガチ恋」になってしまうこともある。最初は、「かっこよくて、演技のセンスもある。こんな立派な俳優が、世間に見つからないはずはない！　もっと有名になってほしい！」という気持ちだけで応援していたはずなのに、だんだんと、「あのとき私にああいうアクションをしてきたってことは、私のことを覚えていて、私に好意をもっているのではないか？」という気持ちになってしまうのだ。

時折、アイドルや俳優の熱愛・結婚報道でショックを受けるファンの姿が話題になることがある。それに対して、「そんなにショックを受ける意味がわからない。まさか自分が付き合えるとでも思っていたの？」と思う人も多いだろう。だけど、人が人を好きになる気持ちは、そんなに単純なものではない。

「芸能人として好き」だった気持ちが、次第に「人として好き」「恋愛感情をもって好き」に形を変えていくこと。もしくは、「好き」の中にそれらの感情が複合的に存在していることは、きっとめずらしいことではない。そして、それぞれの「好き」の気持ちに、優劣はない。

けれど、その「好き」の見返りを求めるときは、少し考えた方がいい。「芸能人として好き」という気持ちに対する、芸能人側からの見返りは、「芸能人として仕事を頑張ること」だ。けれど、「恋愛感情をもって好き」になった場合、「彼が自分を恋愛対象として好きになってくれる」ことを求めてしまう。

ただ「好き」の形が変わっただけなのに、気付けば取り返しのつかないところまで来ている。こうしたりさ子の姿は悲しく、しかし同時に、誰しもが一歩間違えばりさ子になってしまうのかもしれない、という恐ろしさも感じる。

「推し」は、私たちの生活をハッピーにしてくれる存在だ。そして「推し」を愛する側——好きなものに向かって全力で突っ走っている人には謎のエネルギーがあって、見ていて楽しいし面白い。だから私たち劇団雌猫は、自分たちと同じオタクが好きだ。

しかし、同時に「推し」は、ふとしたきっかけで私たちを恐怖のどん底に突き落とす存在でもある。猛スピードで突っ走っていた分、何か事件が起きた時のクラッシュの仕方は凄惨だ。オタクは急に止まれない。

だから私たちは、心身共に健康なオタクライフを送るためにも、自分の信仰に自分でブレーキをかけられるような訓練を常日頃からしておかねばならない。そんなことを考えさせてくれる本書は、私たちオタク女子たちにわが身を振り返るきっかけを与えてくれるとともに、オタクの熱量を誰にでも楽しめる優れたエンタメに昇華した魔書であるといえよう。

（げきだんめすねこ　オタク女子集団）

本書は、集英社文庫のために書き下ろされた作品です。

集英社文庫　目録（日本文学）

松浦弥太郎　場所はいつも旅先だった
松浦弥太郎　いつもの毎日。衣食住と仕事
松浦弥太郎　日々の100
松浦弥太郎　松浦弥太郎の新しいお金術
松浦弥太郎　続・日々の100
松浦弥太郎　おいしいおにぎりが作れるならば。「暮しの手帖」での日々を綴ったエッセイ集
フレディ松川　老後の大盲点
フレディ松川　ここまでわかった　ボケる人ボケない人
フレディ松川　好きなものを食べて長生きできる　長寿の新栄養学
フレディ松川　60歳でボケる人　80歳でボケない人
フレディ松川　はっきり見えたボケの入口　ボケの出口
フレディ松川　わが子の才能を伸ばす親　つぶす親
フレディ松川　不安を晴らす3つの処方箋　認知症外来の午後
松樹剛史　ジョッキー
松樹剛史　スポーツドクター
松樹剛史　GO-ONE
松樹剛史　エアエイジ
松澤くれは　りさ子のガチ恋♡俳優沼
松永多佳倫　沖縄を変えた男　栽弘義――高校野球に捧げた生涯
松永天馬　少女か小説か
松本侑子　花の寝床
モンゴメリ　松本侑子・訳　赤毛のアン
モンゴメリ　松本侑子・訳　アンの青春
モンゴメリ　松本侑子・訳　アンの愛情
丸谷才一　星のあひびき
丸谷才一　別れの挨拶
麻耶雄嵩　メルカトルと美袋《みなぎ》のための殺人
麻耶雄嵩　貴族探偵
麻耶雄嵩　あいにくの雨で
麻耶雄嵩　貴族探偵対女探偵
眉村卓　僕と妻の1778話
まんしゅうきつこ　まんしゅうきつこ家の憂鬱
三浦綾子　裁きの家
三浦綾子　残像
三浦綾子　石の森
三浦綾子　ちいろば先生物語(上)(下)
三浦綾子　明日のあなたへ　愛するとは許すこと
みうらじゅん　とんまつりJAPAN　日本全国とんまな祭りガイド
宮藤官九郎　みうらじゅん　どうして人はキスをしたくなるんだろう?
三浦しをん　光
三浦英之　五色の虹　満州建国大学卒業生たちの戦後
三木卓　柴笛と地図
三崎亜記　となり町戦争
三崎亜記　バスジャック
三崎亜記　失われた町
三崎亜記　鼓笛隊の襲来
三崎亜記　廃墟建築士
三崎亜記　逆回りのお散歩

S 集英社文庫

りさ子《こ》のガチ恋《こい》♡俳優沼《はいゆうぬま》

2018年4月25日　第1刷　　定価はカバーに表示してあります。

著　者　松澤《まつざわ》くれは

発行者　村田登志江

発行所　株式会社　集英社

東京都千代田区一ツ橋2-5-10　〒101-8050

電話　【編集部】03-3230-6095

【読者係】03-3230-6080

【販売部】03-3230-6393(書店専用)

印　刷　図書印刷株式会社

製　本　図書印刷株式会社

フォーマットデザイン　アリヤマデザインストア　　マークデザイン　居山浩二

ISBN978-4-08-745730-8 C0193